添い寝フレンド

青季ふゆ

ハルキ文庫

角川春樹事務所

Contents
Soine Friends

プロローグ

温《ぬく》もりが欲しい。

そんな漠然《ばくぜん》とした願望が、僕の日常を侵食していた。

別に冷え性でも、エアコンが壊れたわけでもない。

温めたいのは身体《からだ》ではなく、心のほうだ。

様々な場所、時間で、心の低温症が発症《はっしょう》する。

学校で仲睦《なかむつ》まじく手を繋《つな》ぐカップルを見た時、公園から子供たちの楽しそうな歓声が聞こえてきた時、夕暮れに染まる住宅街のどこかからカレーの匂《にお》いが漂《ただよ》ってきた時。

その度に、胸のあたりを冷たい風が抜けるような不快感を覚える。

心が、寒いのだ。

身体が寒ければ上着を羽織《はお》ったり、エアコンの温度を上げればいい。

だけど、心の寒さはそうもいかない。

そもそもの話、心の寒さという表現がふわっとしているから、その解消法も必然的に不明瞭《ふめいりょう》で、漠然としたものになる。

確実な解消法なんてわからない。多分こうすればいいんだろうなという、初めて解く数学の問題に遭遇《そうぐう》した時くらいの仮説は、ある。

あるけども、現状の僕にはその術《すべ》を実行するための条件の持ち合わせがない。

今の僕に出来る事といえば、街の至るところに溢《あふ》れる幸せな情報をなるべくシャットアウトして、考えないようにして……ひたすら寝ること。

ただの付け焼き刃。やらないよりはマシレベルのもので、根本的な解決にはならない。

だけどこれも、自業自得《じごうじとく》なんだろうなと思う。

家族や友人をはじめとしたあらゆる人間関係を疎《おろそ》かにしてきたツケが回ってきたのだ。

諦《あきら》めるしかない。

僕はこれから一生、この寂寥感《せきりょうかん》と付き合っていくしかないのだ。

そんな結論を出していた、高校二年生のある日。

――私と、添《そ》い寝フレンドになって欲しいです。

僕は、出会った。

同じように、心の低温症を抱える少女と。

◇

けたたましいアラーム音で、意識が現実に引き戻される。瞼《まぶた》を下ろしたまま手を伸ばしてスマホを沈黙させると、代わりに雀《すずめ》の唄声《うたごえ》が鼓膜を震わせた。

人間という生き物は不思議なもので、起きなくちゃいけない日に限ってもっと惰眠《だみん》を貪《むさぼ》りたくなる。今日みたいに学校がある日は漏《も》れなくそうだ。

布団《ふとん》の温もりと、食パンのような柔らかい感触に意識が再び落ちそうになる。

普段の僕なら大抵、このまま二度寝を決め込む。

本当に起きないといけないギリギリの時間の三十分くらい前にアラームをかけて、デッドラインのアフームが鳴るまで心地よい微睡《まどろみ》を味わう事が日常のささやかな楽しみだ。

夜中、トイレに目覚《めざ》めて時計を見た時、まだ朝まで時間があるとわかった際のあの高揚感《こうようかん》を利用したライフハックである。

だけど、この日は違った。

甘くてフローラルな香りが漂う中、ゆっくりと瞼を上げる。

瞬間、少女の端整《たんせい》な顔立ちが飛び込んできた。

うおっ、と上げそうになった声を間一髪《かんいっぱつ》のところで飲み込む。

雪のように白い肌とは対照的な闇《やみ》の深い長髪。

小さな桜色の唇《くちびる》から、すぅすぅと気持ちよさそうに寝息が漏れている。

もつれていた記憶の糸が、海馬《かいば》の中で整い始めた。

全《すべ》ての結果には理由がある。

彼女の部屋で僕が寝ている事にも、同じ布団を共有している事にも、全て理由がある。

彼女との関係が始まってからはや三週間。

親族を除き、僕の人生において彼女以上に深く関《かか》わった人物は存在しない。

それだけは、確信を持って言える。

記憶の整理もそこそこに、僕はベッドからの脱出を決めた。

目は完全に醒《さ》めてしまったし、何よりもこの状態が続く事はあまりよろしくない。

理性の強さには自信がある僕とて一介《いっかい》の高校生男子だ。

親指から中指くらいの距離に、学年で一番人気で可愛《かわい》いと評判のクラスメイトが寝息を立てている状況は、精神衛生の観点からすると健全ではない。

腕に力を入れ、まだ血が行き届いていない身体を起こし脱出を図《はか》ろうとする……が。

「行っちゃ……やだ」

か細い声、衣擦《きぬず》れの音。

つきみ団子みたいに小さくて白い手が、きゅ……と僕のパジャマを摑《つか》んでいた。

全ての結果には理由がある。彼女の言葉も、彼女がパジャマを摑んだ事も。

心臓のあたりに、小さくない痛みが走る。

擦り傷に、唐辛子をひとつまみ垂《た》らしたような痛みが。

このまま彼女の手を振り解《ほど》いてそばから離れる、という選択肢《せんたくし》は僕の中から消えた。

かくなる上は、と腕から力を抜いて再び身を横たえる。

温もりの帰還を察知した彼女がごそごそと身体を寄せてきた。

いっそう強くなる甘い匂い。

彼女に抱きつかれて身動きが取れなくなる前に、素早く体勢を整える。

案の定、彼女は僕の左腕に自分の腕を絡めてきた。

起きているのでは、と一瞬疑念が浮かぶが、「むにゃ……」と呑気《のんき》な寝言が聞こえてきてその可能性は霧散する。

彼女はこんなシチュエーションで狸《たぬき》寝入りをするほど、器用な性格じゃない。

わずかに速くなった鼓動をなだめてから、瞼を下ろす。

雀の鳴き声、秒針が時を刻《きざ》む音、そして、自分以外の吐息。

左腕に高めの体温を感じつつ深く息を吸い込むと、思考が徐々に遠のいていきた。

熱めのお風呂《ふろ》に浸《つ》かった時のような、心地の良い微睡が再来する。

デッドラインのアラームが鳴るまでの僅《わず》かな時間、僕は意識を再び闇に溶かした。

彼女との出会いにまつわる場面を夢で見た、かもしれない。

第一章

あれは、十月の下旬くらいのこと。確か、金曜日だった。

その日は朝から調子が悪かった。

初期症状は倦怠感《けんたいかん》。前の夜、ヨーチューブで視聴していた動画がなかなか面白く、つい朝方まで見入ってしまった。原因は、たぶんそれ。

カフェインを摂取《せっしゅ》して誤魔化《ごまか》そうと、近所のスーパーで買ったお徳用スティックのコーヒーをいつもより多めに胃に流し込んでから登校する。

「おはよう、天野《あまの》くん」

教室に入るなりクラスメイトが声をかけてきた。

確か彼女はクラス委員長。

僕のように友人を持たない生徒に対しても積極的に声をかけてくれる。

名前は……なんだっけ。

「……おはよ」

それだけ告《つ》げて去ろうとすると、後からやってきた女子生徒が委員長に声をかけた。

「平川《ひらかわ》さん、おはようございます」

平川……ああ、そうだ。委員長は確かそんな苗字《みょうじ》だった。

委員長の苗字を教えてくれた、落ち着いた声に振り向く。

流石《さすが》の僕でも名前を把握《はあく》している生徒がそこにいた。

雪のように白い肌、男子にしては身長の低い僕よりも頭一個分ほど小さな背丈《せたけ》。

フランス人形のように整った顔立ちは、誰しも口元を緩《ゆる》めてしまうほど明るい笑顔に彩《いろど》られている。クラスで一番ではないかと思うほどの長さの黒髪は、綺麗《きれい》なカーテンのように腰のあたりまで伸びていた。

「あ、おはよう雪白《ゆきしろ》さん！」

——雪白光《ひかる》。

クラスどころか、学年一といっても過言ではないほどの有名人。

それ故に、友人を持たない僕の耳にも彼女の評判はよく入ってくる。

成績優秀でスポーツも万能、文武両道という言葉をその身で体現している。

それに驕《おご》らず性格は謙虚で大人しく、物腰柔らかく誰に対しても丁寧《ていねい》とくれば、男女問わず学年中で人気なのも無理はない。

スペック、性格ともに完璧《かんぺき》な優等生。

それが、雪白光というクラスメイトだった。

「天野くんも、おはようございます」

「…………え、僕？」

まさかそんな有名人が、その辺の雑草レベルの存在感しかない僕に挨拶《あいさつ》をしてくるとは思わず、間の抜けたリアクションをしてしまう。

「他に誰がいるのですか？」

雪白さんが上品な笑みを浮かべる。

「……確かに、おはよう」

なんとか挨拶を返すと、小首がちょこんと横に倒れた。

「天野くん、今日、調子悪かったりします？」

目を見開く。

朝から続いている身体《からだ》の不調を雪白さんは見抜いたようだった。

おそらく、人の些《さ》細《さい》な変化を敏感に察知する特殊能力を持っているのだろう。

「いや……大丈夫」

会話を広げる気のない僕は、それだけ言ってその場を立ち去る。

「天野く……」

「おはよう光ちゃん！　ねえねえ聞いて！　この前言ってたさー」

入れ替わりで、雪白さんに気づいた女子が彼女の元に駆け寄ってきた。

(そういえば……雪白さんと話すの、初めてだったな)

なんて、どうでもいい気づきを得ながら自分の席へ向かう。

その途中、チラチラと投げかけられるいくつかの視線を感じた。

学校において会話を交《か》わす相手を作っていない僕は、クラスメイトから取るに足《た》らない異物のような扱いを受けているものの、高校も二年目となると慣れたものだ。

そもそも、友達がいないのは幼少の頃《ころ》から変わらないため、今更《いまさら》感しかない。

自分は石。そのへんに捨てられた空《から》のペットボトル。そう思えば良い。

着席してから視線をやると、男女問わず雪白さんをクラスメイトたちが囲っていた。

今日も可愛《かわい》いねだの昨日見たヨーチューバーが面白くてハマっただの、僕からすると無生産な話題を雪白さんに投げかけている。

彼女はいわゆる、黙っていても向こうから勝手に人が寄ってくる側の人間。

つまり、僕とは正反対。

話題の中心で微笑《ほほえ》む彼女を見て、胸のあたりを冷たい風が吹き抜けた。

小さく息を吐いてから、目線を戻す。

そのまま机に突っ伏し、ホームルームが始まるまで体力回復に努《つと》めた。

◇

昼休み。

喉《のど》に違和感を覚える。

痛い、とまではいかないけど、痰《たん》が出そうで出ない不快感がある。

ただでさえ酸味の強い激安コーヒーが、朝飲んだ時に喉を焼いたのだろうか。

賞味期限ギリギリだったから、さらに酸化が進んでいたのかもしれない。

お昼は屋上で、購買で買ったパンをコーヒーで流し込んだ。

自販機で購入したコーヒーの方が朝に飲んだそれに比べると幾分かマシで、少しだけ気分が和《やわ》らぐ。

ほっと息をつけたのもこの時までだった。

学校が終わり、そのままバイト先の書店に着く頃には不穏《ふおん》な寒気が到来した。

何やら熱っぽさもある気がする。

喉も強い痛みを訴えていた。

流石にまずいのではと危機感を覚えたけど、今日は店長が不在のためバイトの雨宮《あまみや》先輩と二人で店を切り盛りしないといけない。

帰宅ラッシュの時間に抜ける方がまずいと判断し、客足が収まるまで時給九百円の働きを忠実に全うしたが、代償は大きかった。

朝とは比べ物にならないほどの倦怠感。

ひとりでに息が深くなるほど体温も高い。

これ以上はまずいと、早退を申し出るため雨宮先輩の元へ行く。

「わっ、天野くん何その顔。点数で言うと三十点くらいの顔色しているよ？」

申し出る前に、雨宮先輩がそばに来て僕の額《ひたい》に手を当てた。

急な接触に思わず後ずさる僕に対し、雨宮先輩は目を見開く。

「大変！　熱があるじゃない」

雨宮先輩は近くの大学に通う女子大生。

僕の異変に気づいたのは、医学部に通っているからだろうか。

身長は女性にしては高めで、僕と目の高さは同じくらい。

大学生らしく明るめに染めた髪は、バイト中だからか後ろで纏《まと》めている。

本人曰《いわ》く赤縁《あかぶち》の眼鏡《めがね》がチャームポイントらしいけど、日によって黒縁、ピンク縁とコロコロ変わるので深い意味はないと思っている。

「駄目だよ天野くん、体調が悪い時に無理しちゃ」

「あ……えっと……本当にすみません」

人差し指をピンと立て子供を叱《しか》るように言われて、僕の声のボリュームと頭が条件反射の速さで下がった。

「ああっ、別に怒ってるとかじゃないよ。そんな重く受け止めないで」

謝罪のために頭を下げたつもりだったが、萎縮《いしゅく》させてしまったと思われたらしい。

首を斜《なな》めに少しだけ倒して「ね？」と安心させるように、雨宮先輩は笑みを浮かべた。

申し訳なさに拍車がかかる。

「店長には私から連絡しておくから、今日はもう上がっちゃいなさい」

「あ、いや……でも……」

「ヤバくなったらタツを呼ぶから大丈夫！　心配しないで」

タツこと達郎《たつろう》先輩もバイトの先輩だ。

「……いや、むしろ今から呼びつけるか。どうせ家でグータラしているだろうし」

そして雨宮先輩の彼氏さんだ。

「仲、良いですね」

「仲の良さは百点満点よ！　もう小学校からの付き合いだしねー、腐《くさ》れ縁ってやつ？

仲良い悪い通り越して、もはや家族に近い感覚？」

雨宮先輩が口元を緩ませながら言う。

胸のあたりで冷たい風が吹いた。

寒気、とは違う何かだ。

「というわけで、私は大丈夫！　むしろ天野くんの方が心配だよ。ほら、さっさと上がる！」

「はい……あの、本当にすみません……」

「その態度は三十点。また謝ってる。癖《くせ》になってるねー、それ」

「……すみません」

「ほらー、またー」

腰に手を当てため息をつく雨宮先輩。

「こういう時は素直に『ありがとう』でいいの。はい、言ってみ？」

「……すみません、ありがとうございます」

「んー……五十点。まあいいか、ほら、着替えておいで」

呆《あき》れ顔の雨宮先輩に背中を押されて更衣室へ。

緊張の糸が切れてふらつきながら、なんとか帰り支度《じたく》を済ませる。

「はい、これ」

更衣室を出るなり雨宮先輩が何かを差し出してきた。

白い掌《てのひら》で踊《おど》る黄色いラッピングには『のど飴《あめ》』と書かれている。

「あ、いえ……大丈夫です」

反射的に返していた。

「そう？　声的に喉風邪《かぜ》だろうからって思ったんだけど。案外、痛みに効《き》くよ？」

「ありがとうございます……でも、お気持ちだけ受け取っておきます」

「んー、そっか。二十点」

あっさりと、雨宮先輩は引いてくれた。

過去に何度か同じようなやりとりをしているからだろう。

「それでは……お疲れ様です」

「ん、お疲れ様。気をつけてね」

ばいばいと手を振る雨宮先輩に深くお辞儀をしてから外に出る。

冷たい夜風が頬《ほお》を打ったと思うと、どこからか湿った匂《にお》いが漂ってきた。

雨でも降るのだろうか。だとしたら急がないと。

重たい身体に鞭《むち》打って歩みを速くする。

「天野くんー！　そういえば夜は雨降るみたいだから、傘《かさ》持っていかないー？」

後ろからの雨宮先輩の言葉で、予感が確信に変わる。

ありがたい提案だと思ったけど、傘を拝借《はいしゃく》するやりとりに膨大《ぼうだい》なカロリーを感じ取った僕は、雨が降るまでに帰宅できる事に賭《か》け、聞こえなかった事にして足早に立ち去った。

時刻は八時を回っていた。

ふわふわした意識と重い足取りで帰路をたどる。

繁華街を抜け、住宅街に入る頃にいよいよ病原菌が本気を出してきた。

そこらじゅうの皮膚《ひふ》が熱い。

脳を内側から針で弄《いじ》られているかのような頭痛もする。

虚弱体質ではないと思うが、このレベルの不調は年に一度あるかないかだ。

しかも運が悪いことに、賭けにも負けた。

家までまだ随分《ずいぶん》あるのに、夜闇《よやみ》から大粒の雨が雪崩《なだれ》落ちてきた。教科書が入った鞄《かばん》は服の中に入れて庇《かば》っているものの、身体はあっという間にずぶ濡《ぬ》れになった。

　十月下旬の雨粒は身震いするほど冷たい。

　ただでさえ免疫《めんえき》が落ちた身体を容赦《ようしゃ》なく襲う。

　上下の歯がガチガチと打ち付けて止まらない。

　傘、借りておけば良かったと後悔するも時すでに遅し。

　どこかで傘を購入しようにも、最寄《もよ》りのコンビニは家のまだ先にある。

　雨宿りも考えたが、一刻も早く着替えないとますます重症化してしまうだろう。

　深く息を吸い込んで、僕は駆け出した。

　追い込まれた思考が出した行動指針は、今ある体力と気力を振り絞って家に急ぐ事。

　以前、ツブヤキッターのタイムラインで流れてきたとある豆知識。

　雨の中、ゆっくり歩いて帰るのと走って帰るのとで最終的に身体が濡れずに済むのはどっちか。走って帰った方が濡れずに済むらしい。

走った方がたくさんの雨粒を受けそうなイメージだけど、雨に打たれる時間が短い方が吸収する水分量が少ないそうだ。

　それに賭けた。本日二度目のギャンブル。

しかし、この賭けが裏目に出た。
「いっ……」
何かに躓《つまず》いたのか、体力が枯渇《こかつ》して足がもつれたのか。
急激に視界がガクンと下がって膝《ひざ》に強い衝撃が走った。
とっさについた掌から遅れて痛みが広がる。
身体を支えていた腕からも力が抜け、僕はうつ伏せの体勢で倒れた。
背中を容赦なく打ちつける雨粒。
濡れたアスファルトが身体の前面を冷やしていく。
(教科書、大丈夫……かな……)
もう確認する気力すらも湧《わ》かないけど、多分大丈夫じゃない。
それ以上に僕の身体が大丈夫じゃなさそうだ。
痛みと寒気と熱が全身を侵食している。
これは、いよいよまずいかもしれない。
ただの雨でも、ずっと打たれ続けていたら低体温症で命を落とす可能性がある。
誇張抜きで、かなり危機的状況だと思った。
(……まあ、でもいいか……)

こんな状況にも拘《かか》わらず、不思議と落ち着いていた。
身体が少しずつ死の方向へ向かっている実感があれど、どこか他人事《ひとごと》だった。
もともと、生に対して執着《しゅうちゃく》が薄いのだろう。
（もう、疲れた……）
一回寝てしまおう。
寝て、再び起きる事ができたら儲《もう》けもの。
二度と目覚《めざ》めなくても……まあ、それはそれで仕方がない。
自分の運命だと思って諦《あきら》めるしかない。
そもそも、人生に対して期待も希望も抱いていないし。
別に死んでも、悲しんでくれる人なんて一人もいないし。
一人も、いないし。
反芻《はんすう》した途端、胸のあたりが凍《こお》りついた。
冷静な自分が告げる。
このままだと下手《へた》したら、雨に打たれながら一人ぼっちで死ぬ。
その可能性を認識した途端、底知れぬ闇に引き摺《ず》り込まれるような感覚を覚えた。
（……ああ、駄目だ）

発症している。心の低温症が。それも、特大なやつが。
寂寥《せきりょう》、孤独、恐怖。精神に悪い感情が押し寄せる。
思考がイヤホンみたいに絡まる、息が浅くなって呼吸数が増える。
——寂《さび》しい。
胸を埋《う》め尽《つ》くすただ一つの感情が言語化された途端、瞼《まぶた》の奥に熱が灯《とも》った。
（誰《だれ》か……）
そばにいて欲しい。
別に助けてもらわなくていいから、あとは自分でなんとかするから、ただいてほしい。
それだけを強く願った、その時。
「天野、くん？」
自分以外の、声。
瞼と、重い頭をあげる。
ぼやけた視界に、傘を差した少女が映る。
驚きに歪《ゆが》む端整な顔立ちには、見覚えがあった。
「…………ゆき、しろさん？」

細い体躯《たいく》、うらの学校の制服。

夜闇に溶けそうな長髪、クラスメイト。

雪白光、今朝初めて話した、学年で一番人気の女の子。

シャットダウン直前だった脳に断片的な情報が浮かび上がる。

人が来てくれた。

それも、見知った人が。わずかな希望のお陰《かげ》で、僕の両腕に力が戻る。

「ぐっ……」

「やっぱり、天野くん、ですよね……？」

その言葉には応《こた》えず、筋肉に血液を込めてゆっくりと身体を持ち上げる。

そのまま立ち上がろうとしたけど上手《うま》くいかず、座り込むような体勢で一息つく。

「というか、ずぶ濡れじゃないですか！」

ようやく状況を飲み込めた反応の雪白さんがしゃがみ込み、傘を僕の頭上へ。

冷たい雨が遮断され、頭の頂上からじんわりと熱が戻ってくる。

「雪白さん……？」

「ちょっと待ってて」

雪白さんがポケットからハンカチを取り出す。

薄桃《うすもも》色のいかにも女の子らしいハンカチを、彼女はなんの躊躇《ためら》いもなく僕の顔に当てた。

雨の匂いに混じって、洗剤の良い香りが鼻腔《びこう》をくすぐる。

「いや……いいよ、そんな」

「ダメです、このままだと風邪を引いちゃいます」

もう引いてるんだけど。

そんなツッコミは、雪白さんの真剣な表情を見て喉の奥に引っ込んだ。

本気で、僕のことを心配しているらしい。

僕は大人しく、されるがままだった。

「これじゃ焼け石に水ですね……」

形の良い眉《まゆ》が困ったように下がる。

どうやら思った以上にびしょ濡れで、ハンカチ程度じゃどうにもならないようだ。

「今、帰りですか？」

「一応……」

「家はどのあたりです？」

「この先の……郵便局を抜けて、ファミマートがあるあたりの手前くらい」

「まだ結構ありますね……でもその身体じゃ……」

顎《あご》に手を当て考え込む雪白さんが、「よし」と頷《うなず》く。

「待っててください。タオルと傘、持ってきます」

ふたつの白い手が、僕の手に小さめの傘を持たせた。温かい。

流され続けていた理性が、そこでようやく再起動を遂《と》げる。

「それじゃ雪白さんが、濡れるじゃないか……」

「え？」

僕の言葉は、雨音に掻《か》き消されて聞こえなかったらしい。

「天野、くん？」

立ち上がって、雪白さんに傘を差し返す。

「本当に……大丈夫、だから」

これ以上、迷惑はかけられない。

「傘と、ハンカチ……ありがとう」

そのまま動かそうとした足が、もつれた。

「うおっ……」

「天野くん……!?」

そのまま前のめりに倒れた僕の膝に痛みが走る。
アスファルトについた掌から再び冷たくて固い感触が伝わってきた。
腕にも足にも力が入らなくて、そのまま起き上がることができない。
先ほど立ち上がるために使ったエネルギーで、もう限界だったようだ。
なんと情けない。羞恥《しゅうち》で余計に体温が上昇する。
雪白さんが切迫した声で何か言っている。
多分、大丈夫か的なことを。
「……大丈夫、だから」
「そんなわけないじゃないですか！」
強い声だった。
普段、学校ではお淑《しと》やかな彼女からは想像のできない声。
服が濡れるのもかまわず、雪白さんは僕の腕を自分の肩に回した。
小さな体躯から伝わってくる柔らかい感触、甘ったるい匂い。
朦朧《もうろう》とした意識のまま、雪白さんの肩を借りて立ち上がる。
「もうちょっと頑張ってください。私の家、すぐそこですから」
……私の家？

浮かんだ疑問を口にすることもできない。

雪白さんに担《かつ》がれるようにして、僕は重い足を動かした。

◇

意識が覚醒《かくせい》する。

すぐに僕は、自分が見知らぬ部屋のベッドに身を預けている事に気づいた。

（知らない天井《てんじょう》に……匂い……）

思考は靄《もや》がかかったように朧《おぼろ》げで、状況を飲み込めない。

とりあえず、鉛《なまり》のように重たい上半身を起こしてみる。

「…………え？」

ベッドの端、僕から見てすぐ左のそば。

そこに、両腕を枕にしてすーすーと寝息を立てる天使……違う、雪白さんがいた。

思い出した。

バイト終わりに熱と寒気に侵食されながら帰る途中、こけて動けなくなっている時に雪白さんと遭遇して、それで――。

――もうちょっと頑張ってください。私の家、すぐそこですから。

そうだ。雪白さんの肩を借りて、彼女の家に上がったんだ。

身体に意識を向ける。まだ熱っぽく頭もぼーっとしているが、睡眠をとった事によって体調は若干《じゃっかん》マシになっていた。

水気を帯《お》びていたはずの全身は、いつの間にか乾いていた。

ふかふかのバスタオルで頭を、ドライヤーで服を乾かされた記憶が蘇《よみがえ》る。

体力が底を尽きかけていたのもあって完全にされるがままだったけど、冷静に思い返すとなかなか小っ恥《ぱ》ずかしい経験をしたものだ。

……さて、起こそう。

気持ちよさそうに寝ているところ悪いけど、このままだと一泊してしまう流れになる。それは流石に、色々とまずい気がした。倫理的に。

「ねえ」

すぅすぅ。

「あの……」

すぅすぅすやぁ。

「……」

布団で覆《おお》った手で、雪白さんの肩を揺らす。

「んぅ……」

びくんっと、釣《つ》りたての魚みたいに雪白さんが跳《は》ねた。

ついでに僕の心臓も跳ねた。普段の彼女からは想像できない、妙に蕩《とろ》けた声のせいだ。

ゆっくりと、一つの瞼が幕引きの早さで持ち上がる。

寝惚《ねぼ》け眼《まなこ》がきょろきょろと周りを見回した後、僕を真正面に捉《とら》える。

うっ、と思わず僕が後ろに引くと、雪白さんはカッと目を見開いた。

「わ、私、もしかして寝てましたっ？」

「………ね、寝てたけど？」

雪白さんの問いを、言葉の通りに受け取った僕は事実だけを述《の》べる。

寝るつもりはなかったが寝落ちしてしまった、不覚。

という焦《あせ》りや罪悪感を抱いたのだろうか、と勝手に推測する。

「はあぁ……やっぱり……」

……いや、推測は外れているかもしれない。

感覚を確かめるように手をぐっぱーぐっぱーする雪白さん。

その表情から読み取れる感情は……驚きと、喜び？

「あっ……ごめんなさい……つい眠気が……」

ほんのり頬をりんご色に染めた雪白さんが、気恥ずかしそうに俯《うつむ》く。

(雪白さんって、こんな顔もするんだ……)

学校での雪白さんは、いつも穏やかな笑みを浮かべている大人びた人という印象だった。

それが今は、年相応の女の子のように見える。むしろ、ちょっと子供っぽい。

そのギャップに胸の鼓動が速まる気配を感じた。

「あ、そうだ、教科書……」

はっと思い起こす。

浸水しないようになるべく庇《かば》ったものの、リュックの中まで雨水がぐっしょりだったため無傷では無いだろう。

場合によっては教科書の買い替えも検討しないといけない。

「あ、教科書ならそこに」

小さな指がさす方を見る。

積み重ねられた教科書の上に重そうな辞書がずしんと載せてあった。

思った以上に状態は悪くないように見えた。

雪白さんが何かしら処置をしてくれたようだ。

「できるだけ急いだのですが、元の状態にはなかなか戻らなくて……ごめんなさい」

「いやいやいやいやいや……まず助けてくれただけで感謝しかないよ……ちなみに、どんな処置を？」

「ドライヤーで乾かした後、ページごとに軽くアイロンをかけて伸ばしました」

なんということだろう。想像した何倍もの手間隙《てまひま》をかけて、雪白さんは僕の教科書の蘇生措置《そせいそち》に尽力してくれたらしい。

（赤の他人にここまでしてくれるなんて……）

感謝の念と、僕如《ごと》きにそこまでさせてしまった罪悪感で胸がいっぱいになった。

僕は深く、深ーく頭を下げた。

「本当にごめん……それから、ありがとう」

「いえいえお気になさらず。私も、以前に教科書を濡らしてしまった事があるので。その時の経験が活《い》さてよかったです」

小言一つ口にする事なく、にっこりと笑う雪白さんを見て、クラスメイトの誰かが彼女を『天使』と呼んでいた事を思い出した。

「ありがとう……ところで、今、何時？」

「夜の二時です」

バイト先を出たのが八時を過ぎていたから、移動時間から逆算すると……五時間くらいは寝ていたのか。スマホを確認する雪白さんに、僕は頭を下げた。

「重ねてごめん、こんな夜遅くまで」

「気にしないでください。それより、体調はどうですか？」

訊《き》かれて、身体の内部に意識を集中させる。

「……多少、楽になった」

「それは……何よりです」

雪白さんが、魂《たましい》も溢《こぼ》れそうなほど深い息を吐いた。

安堵《あんど》した時に出る息だ。

「あ、でも念のため、熱測っておきましょうか」

体温計を手渡される。

流されるまま、僕はプラスチックの棒を脇《わき》に挟んだ。

「……三十七度七分」

「さっきよりは下がりましたが、まだ熱がありますね」

「あれ……熱測ったっけ？」

「家に上がったときに測りましたよー。確か、三十八度五分でした」

「ああ、そうか……そうだったっけ」

どうやら、寝起きと熱で記憶が朦朧としているらしい。

「そうだ」

がさがさと、雪白さんがコンビニ袋を見せてくる。

「わざわざ買ってきてくれたの？」

「ちょうど色々切らしていたので、ついでです。とりあえず買ってきたので、少しでも胃に入れてください」

青いラベルのスポーツドリンクを手渡された。

僕と同い年くらいの高校生たちがダンスを披露するＣＭが頭に浮かぶ。

激しい動きで踊る少年少女たちを思い出すだけでのぼせてきた。

「食欲は、ありますか？」

「ちょっとは食べれる……かも」

「よかったです！　おかゆ、苦手だったりしますか？」

「しない、けど……」

「じゃあ、温めてきますね」

「え、ちょ……」

待って。

すたすたと奥に消えていく背中を引き留めることもできない。

キッチンと思《おぼ》しき方向から、ピッピッとレンジを操作する音が聞こえてくる。

……正直、善意とはいえこれ以上良くして貰《もら》うのは気がひけた。

だから、ペットボトルのキャップに指をかけるのも一瞬躊躇《ためら》った。

しかし喉の渇《かわ》きには勝てず、ゆっくりキャップを回して口に含む。

甘い。カラカラだった喉を、身体の塩分濃度に近い液体がゆっくり潤《うるお》していく。

しかもキンキンに冷えているわけではなく、温《ぬる》めだった。

これがコンビニから買ってきて冷蔵庫に入れ忘れた故の温度か、はたまた雪白さんの気遣《きづか》いで常温にしたのかは定かではないけど……なんとなく、後者のような気がした。

もっと飲みたいという本能に従って、ボトルの角度をあげる。

「げほっ……」

思った以上に液体が流れ込んできて咽《む》せた。

「だ、大丈夫ですかっ？」

いつの間にか戻ってきていた雪白さんが僕のそばに膝をつく。

それからよしよしと、労《いた》わるように僕の背中を撫《な》でた。

服越しに他人の感触を感じる。

人に優しくされる経験に乏《とぼ》しい僕は、雪白さんの行為に対して正しい感情を持つことができない。温かいような、苦しいような、変な心持ちだった。

「ごめん……ほんと、色々と」

「気にしないでください。天野くんは病人さんなので、看病するのは当たり前です」

「……ほとんど交流のないクラスメイトでも？」

それが、不適切な発言である事は流石の僕でもわかった。

たぶん、怖かったのだ。

赤の他人にここまで優しくされる事に対して。

一方的に与えられる優しさには裏があるんじゃないかと、そんな邪推《じゃすい》がどうしても抑えきれなかった。だとしても、この発言は失礼すぎる。

「ごめん、なんでもな……」

ぽん、と頭に小さな手が降ろされた。

一度だけ、無言で、ふんわりとした笑顔で。

撫でられた？　叩《たた》かれた？

頭上に疑問符を浮かべる僕をよそに、レンジがちんっと温め終わりの合図を鳴らす。

「取ってきますね」

立ち上がって、雪白さんは台所へ。

僕は自分の頭に手を当てた。

まだ、優しい感触が残っている。

先の行為《こうい》の意図がわからず呆然《ぼうぜん》としていると、雪白さんがおかゆを手にやってきた。

「自分で食べられますか？」

「あ、うん……さすがに」

話をむし返すほどの気力もなく、ほかほかと湯気が立つおかゆをおぼんごと受け取る。

おかゆには、昆布《こんぶ》や梅干しといった身体に優しそうなトッピングが添えられていた。

いつもは苦手で避けている梅干しも、空っぽの胃袋がきゅっと引き締まって美味《おい》しそうに見えてくる。

まずはそのまま、スプーンでおかゆだけを口に運ぶ。

水気の多い粒たちが歯の間で弾《はじ》け、甘い花のような香りがぶわっと鼻腔を抜けた。

ごくりと喉を鳴らすと、弱った胃袋を優しい成分が包み込んだ。

「……美味《うま》い」

「本当ですか⁉」

圧迫感を感じて視線を上げると、吐息《といき》がかかりそうな距離に雪白さんの顔があった。

「おかゆ柔らかすぎませんか？　硬《かた》かったりしません？　塩加減は大丈夫です？　トッピングに好き嫌いはなかったですか？　お茶いりません？」

「ちょ、近い近い近い」

「あ……ごめんなさい」

定位置に戻って、しゅんと肩を落とす雪白さん。

俯き気味な顔には「やってしまった」と書いてある。

「えっと……本当に、美味しいよ」

「よかった、です」

心の底から湧き出た安堵によって浮かんだ、母親に褒《ほ》められた子供のような笑顔。

（……やっぱ、学校の時と全然違うな）

学校では優等生モードをオンにしているのか、というくらい、今の雪白さんはなんというか……天然というか、どこか抜けている印象を受けた。

「どうかしました？」

「いや……なんでもない」

流石にそんな失礼なこと、口にするわけにはいかない。

誤魔化すようにおかゆを掻き込む僕を、雪白さんは不思議そうに眺めていた。

◇

「ごちそうさま」

「お粗末様《そまつさま》でした」

おかゆはあっという間に空になってしまった。

皿洗いを申し出ると「病人は横になっててください」とぴしゃりと拒否されてしまったため、台所へ向かう小さな背中を僕は大人しく見送る。

部屋を見回す。

決してクラスメイトの女子の部屋を物色してやろうなどという邪《よこしま》な気持ちではなく、手持ち無沙汰《ぶさた》になったのと、女の子の部屋に対し大さじ一杯分の興味が湧いただけだ。

僕が今いるのは寝室で、左の部屋は広々としたリビングだった。

他に部屋は見当たらないため、間取りは1LDKといったところだろう。

家族で暮らすには狭く、一人で住むには広い家だと感じた。

(一人暮らし、か……)

数時間前、びしょ濡れでこの部屋に足を踏《ふ》み入れた際、家族は大丈夫なのかと訊いた僕に『一人なので』と返された記憶が蘇る。

築年数は浅いのか、全体的に小綺麗で清潔感があった。

綺麗なのは部屋そのものだけじゃなく、床も机の上もそうだ。

目に見えるようなゴミは落ちていないし、つい捨てるのを忘れてしまうチラシ類も散乱していない。彼女の几帳面《きちょうめん》な性質を表しているように受け取れた。

家具はタンス、ソファ、白いテーブル、小さめなテレビ、勉強机、本棚といったベーシックなもの。小物類やぬいぐるみといった、女子らしいオブジェは見当たらない。

そういえば枕も布団も落ち着いた色で無地だ。

女の子の部屋のテンプレートがどんなものかは知らないけど、雪白さんの部屋は全体的に殺風景というか……生活のための必要最低限の物しか揃《そろ》えていない印象を受けた。

意外だった。クラスで受ける印象と正反対だったから。

しかし、どこか既視感があるな、この部屋……と少し考えて、わかった。

僕の部屋に似ているのだ、ここは。

「ん……？」

数学の教科書みたいな部屋のなか、寝室のある一角に目が留まる。

本棚の隣。クリームカラーの勉強机との間のスペース。

高さに合わせてきちんと揃えられた本棚とは対照的に、大小様々な本が無造作に積み重ねられている。ベッドの頭側とは反対の位置のため、遠目にはそれがなんの本の集まりなのかはわからない。

一番上の本には布みたいなものがかけられていて、隠しているようにも見えた。

その本のタワーに、キャンパスノートが立てかけられていた。

サイズ的にはB5サイズくらいに見える。

なんだろう、と思っていると雪白さんが戻ってきた。

「これ、どうぞ」

小さな手に、白皿に載った真っ白なカップ。

親しみ深い香りがふわりと漂ってきて、それだけで目が覚めそうになる。

「コーヒー?」

「です。実は、コーヒーには胃腸の働きを助ける効能があるんですよ? 風邪で弱った胃腸に最適です」

知ってました? と言わんばかりの得意げな所作に僕はたじろいでしまう。

僕が期待とは違うリアクションを取ったためか、雪白さんの表情に曇《くも》りが生じる。

「苦手、じゃないですよね?」

「いや……毎朝飲んでるけど」

「良かったです!」

なんなら朝昼晩と飲んでいるけど。

雨のなか家に収容してくれて、おかゆも食べさせてくれた上に、コーヒーまで頂くのは気が引ける、という主張を纏める間もなくカップが目の前に来た。

「ささ、どうぞどうぞ。早く飲まないと、冷めてしまいます」

「あ、うん……」

せっかく用意してくれたし……と、頭の中で理由を作ってからカップを受け取る。

熱い温度が指先から伝わってきた。

一口飲んで、使われているコーヒー豆がインスタントのそれでは無い事がわかった。

パチパチと音を立てる暖炉《だんろ》のそばで、毛布に包《くる》まって小説を読むときに飲むコーヒーだ。

濃度も高く、コクも深い。

焙煎《ばいせん》が深くされているのか、酸味よりも苦味の方が強い。

好みの差はあるだろうけど、少なくとも朝飲んだまっずいコーヒーとは雲泥《うんでい》の差だ。

……と、ここでふと、一抹《いちまつ》の違和感を覚えた。

苦手じゃ『ないですよね？』と、雪白さんは僕のカフェイン好きを知っていたような言い回しをしていた。なんだろう。

「どうですか？」

「あ、ええと……美味しいよ」

「本当に？」

既視感のある圧迫感を感じて視線を上げると、瞳《ひとみ》に映る自分の姿が確認できるくらい近くに雪白さんの顔があった。

「苦すぎませんか？　熱すぎたりは？　冷まさないで大丈夫でした？　好みには合っていますか？」

「いやだから近い近い近い」

「あ…………ごめんなさい」

雪白さんが定位置に戻ってしゅんと肩を落とす。

なんだこのデジャヴ。

「本当に美味しいよ……うん、本当に」

もうちょっとマシな感想は言えないものか。

ないボキャブラリーは振れない。

「……それなら、よかったです」

そんな僕の心配はよそに、雪白さんがほっと息をつく。

たぶん、彼女は僕以上に心配しすぎる性分なのだろう。

気持ちは、わかる。

「なんか変だったらちゃんと言うし、そんな気にしないで大丈夫」

「はい……わかりました。ごめんなさい、けっこう気にしいな所があって」

自覚はあるようだった。

コーヒーも飲み終えた後、僕は雪白さんに深々と頭を下げた。

「色々、ありがとう。すごく助かった」

「いえいえ。少しでも元気になったのなら、何よりです」

淀《よど》みのない言葉に、胸のあたりがちくりと痛む。

他人の善意に慣れていない僕のキャパはとっくにオーバーしていた。

「……たくさん迷惑かけて、ごめん。この借りは、後日必ず返す」

早口で言って、ベッドから降りる。

早く、この場から立ち去りたい。

冷静に状況を振り返った途端、そんな気持ちが溢《あふ》れ出して僕を動かしていた。

まだ熱を帯びた身体はふらついているが、歩けないレベルではない。

「ちょっと待ってください」

手首にひんやりとした感触。

「どこに行くつもりですか？」

「帰ろうかなと……」

「そんなフラフラな状態で、ですか？」

「歩けないレベルでは……」

「歩くだけでも体力を消耗《しょうもう》するのですよ？　せっかく一眠りして少し回復したのに、また消耗して倒れたらどうするんですか？」

至極真っ当な意見だ。

でも、だったらどうすれば良いのだろう。

まさか、泊まっていけだなんて言うまいな。

「今晩は遅いから、泊まっていってください」

言うのか。

どうしたものかと頭を掻いて、慎重に言葉を選びながら口を開く。

「あの、さ、一人暮らしだよね？」

「です」

「だったら、その……いろいろとまずくない？」

「……？　なにがでしょう？」

「えっと、たいして面識のない男が、女の子の一人暮らしの家に泊まるのは、いろいろとアレというか……」

「あっ……‼」

クリーム色の頬が、みるみるうちにリンゴ色へと染まっていく。

「や、ちがっ……別に深い意味はなくてっ……さ、さっきのは忘れてください！　いや、でも……まだ具合悪そうですし……どうすれば……うううぅぅぅ」

わたわた、おろおろ。

わかりやすく混乱している雪白さんを見て、僕は一つの結論を得た。

（多分、この天然な方が素なんだろうな……）

学校での振る舞いはやはり、意図して優等生らしさを演じているのだろう。

なぜ僕の前では自然体なのか、という疑問は今考える事柄ではない。

兎《と》にも角《かく》にも、この悪意をひとつまみも感じさせない雪白さんに対し邪推するのも面倒になってきた。

回らない頭でどういう提案をするのが最適か考えてから、言葉にする。

「紐《ひも》、ある？」

抑揚《よくよう》のない僕の問いに、あわあわしていた雪白さんが動作を止めて首を傾《かし》げる。

「ダメ男さん？」

「それはヒモ男。落ち着いてくれ」

「あっ、ごめんなさい……ロープの方ですね。でも、なぜです？」

「手を縛《しば》ってくれ」

「そういう嗜好《しこう》の方ですか……？」

「今度は僕がごめん、説明不足だったからどん引かないで」

落ち着くべきは僕の方か。

「雪白さんの言うように……体調もまだ万全じゃないし、家に帰ってもひとりだから……もし倒れた時のことを考えると、ここで一泊するのが合理的な選択だと思う」

一拍置いて、付け加える。

「…………雪白さんが、いいのであれば、だけど」

妙に喉がカラカラなのは、一息に喋《しゃべ》ったからではない。異性に「泊まらせてください」と申し出るのがこんなにも緊張するものだとは知らなかった。

「天野くんも、一人暮らしなのですね」

「ああ、うん？　そう、だけど……」

なんでそこを拾ったんだろう。

「とにかく、雪白さんからすると、たいして知らない男子を泊めるのは怖いだろうから……僕がなにも出来ないよう、手を縛って寝るのが妥協《だきょう》案かなと」

言い終えてから、妙な間があった。

雪白さんは新種の生物を発見したかのようにぽかんとしている。

無言の時間に耐《た》えきれず、「ごめんなさい変なこと言ってほんとごめんなさい」と今度こそ退散しようとした。

その寸前、くすりと、小さな笑い声。

「天野くんって、真面目《まじめ》な人ですね」

「……理屈っぽくてごめん」

「あぁいや別に怒ってないですよ！　むしろ、逆です」

柔らかい口調で雪白さんが言う。

「病人さんを拘束《こうそく》するようなことはしませんよ。それに、話したのは少しかもしれませんが、私は……天野くんがそういうことしない人だって、わかってますから」

妙に自信のある断定だった。まるで、長年付き合いのある友人に言っているかのような。

何を根拠にしているのだろう。

気になったが事実、僕は自分が女の子と二人きりという状況下においても、決して手を出すことはないという確固たる自信はあった。

「……ありがとう。じゃあ一晩だけ、お願いします」

改めて、厚意を受け入れることにした。

邪な気持ちは一ミリもなく。

あくまでも非常事態として、やむなく。

「はい」

にっこりと、雪白さんは微笑んだ。

◇

雪白家での宿泊が決まってから、僕は早速リビングにあるソファへの移動を提案した。

秒で却下《きやつか》された。

病人をソファで寝かすなんてとんでもないという真っ当な意見だった。

「でも、家主をソファで寝かせるのも忍びない」

こちらも正論を主張すると、妥協案として雪白さんがベッドで、僕が来客用の布団で寝る事になった。

布団はベッドのすぐ横に敷かれた。

先ほどとは匂いの違う、ひんやりとした敷布団と毛布に包まる。

普段ならスマホを起動して日課のヨーチューブを見始める流れだが、流石に体調を戻すことを優先しないとだし、雪白さんに見つかったら怒られそうな気がして諦めた。

しばらくしてパジャマ姿の雪白さんがやってきた。普段は制服姿しか見たことがないため、ピンク色を基調とした小花柄の寝巻き姿はとても新鮮だった。

もう夜も遅いということで消灯の流れになる。

「天野くんは寝る時、豆球派ですか？　それとも真っ暗派？」

「雪白さんに合わせるよ」

「偏見ですけど、天野くんは真っ暗で寝る人だと思います」

「あー……うん、僕は真っ暗派だけど」

「奇遇ですね！　私も真っ暗派、です」

パチッという音と一緒に視界から光が消えた。

ゴソゴソと布団が雪白さんを収容する音が聞こえてくる。

「友達とお泊まり、なんだか不思議な感じです」

すぐ右隣。主《あるじ》を乗せたベッドから、心なしか弾《はず》んだ声が聞こえてくる。

ベッドといっても足付きではなくマットレスタイプのためそこまでの高さはない。

首を横に倒すと、暗闇《くらやみ》に慣れた視界にこんもりとした布団が映った。

「いつから友達になったの？」

「違うのですか？」

「少なくとも僕は……その日初めて話したクラスメイトを友達だとは思わない」

「でも、お泊まりしてます」

「それが？」

「私、クラスの友達とお泊まりしたことないです」

「こなしたイベントの親密度からすると、友達になるのか」

「そんな難しく考える必要はないと思いますよ？　そもそもクラスメイトなんですし」

　クラスメイトが皆友達なのであれば、僕は今日初めて苗字を知ったクラス委員長の平岡《ひらおか》さんも友達という事になる。流石にそれは納得しかねた。

　……あれ、平田《ひらた》さんだったっけ。平山《ひらやま》さんだったっけ？

　まあいいか。

　何はともあれ、ここで友達とはなんぞやなどと懇々《こんこん》と説《と》いたところで微妙な空気になるのは流石の僕でもわかるので、「まあ、それもそうか」と濁《にご》した言葉を置いておく。

「はい、私と天野くんは、友達です」

　雪白さんの嬉《うれ》しそうな声が、僕の胸を少しだけちくりと刺した。

「明日は土曜日ですし、目覚ましはかけないでいいですか？」

「気分が悪くなったり、また熱が出たりしたら、遠慮《えんりょ》なく起こしてくださいね」

「わかった、ありがとう」

「無問題《モウマンタイ》です」

一旦《いったん》、会話が途切れて。

交感神経が副交感神経優位になり、身体が就寝モードに切り替わろうとした、その時。

「天野くんは……」

今までとは違った声。

「夜、ひとりで眠るの、寂しかったりしません？」

なんの脈絡《みゃくらく》もない質問で、僕の反応がツーテンポ遅れる。

雪白さんの質問の意図を探ったけど、その真意はわからなかった。

「……思わない、といえば嘘《うそ》になる」

「やっぱり」

「やっぱり？」

「そんな気がしました」

「うん、そうだね」

ますますわからなくなった。

そもそもの話、先ほどから僕は、雪白光というクラスメイトについてどこか引っ掛かりを覚えていた。

真面目で、優しくて、大人しい、常に皆の話題の中心にいる優等生。

それが、雪白さんに抱いていた印象だった。今晩の一連のやりとりを通じて、その印象とは違う素の部分を垣間見《かいまみ》たものの、概《おおむ》ねベースは一致していると思った。

しかし、なんというか。

彼女の会話の節々から、行動から、ちょくちょく違和感を覚えていた。

先ほどの質問もそうだ。雪白さんには、誰もが予想のつかない意外な一面があるのではないか、という予感があった。

（……まあ、仮にそうだとして、だからどうしたという話だけど）

そもそも彼女とは、今日初めて言葉を交わした関係だ。

尋《たず》ねる理由も、深掘る義理もない。

どうせ今日明日の縁なのだから、無理に踏《ふ》み込む必要もないだろう。

という自己完結を頭の中で済ませて、僕は呟《つぶや》く。

「……そっか」

「私も」

会話を終わらせるつもりで放った僕の言葉に被《かぶ》せるように。

「寂しかった、かもしれません」

ぽつりと、雪白さんが言う。

誰もいなくなった放課後の教室を思わせる、寂しげな声だった。

「だから今日、久しぶりに誰かと寝ることが出来て……すごく嬉しいです」

「……それなら良かった」

「はい、良かったです。……って、ごめんなさい、いきなりなんの話だ、ですよね」

「いや……」

なんの意図を持って尋ねた質問かは気になるけども。

自己完結を済ませている僕はそれ以上広げない。

「雪白さん」

「はい」

「改めて、ありがとう」

「いえいえ、どういたしまして」

しばらく、無言の間があって。

「おやすみなさい、天野くん」

「おやすみ」

それで、会話は最後だった。

秒針が時を刻む音と、自分以外の寝息だけが聞こえる空間。

いつもと違いすぎる睡眠環境に違和感を覚えつつも、思う。

いつ以来だろうか。

『おやすみ』を口にしたのは、と。

胸のあたりで優しい温《ぬく》もりを感じた、ような気がした。

◇

ぱちり、と目を覚ましたのは明け方だった。

膀胱《ぼうこう》にむずむずとした感覚を覚えた僕は、スマホを手に取り上半身を起こす。

真っ暗な部屋をディスプレイの明かりで照らしてから立ち上がった。

思春期男子高校生の本能ゆえか、寝息をほとんど立てずに穏やかに眠る雪白さんを一度見やってしまった事にひと匙《さじ》の罪悪感を覚えつつ、リビングを経由してトイレへ。

用を足して一息つき、手をしっかり洗ってからスマホの明かりを頼りに寝室に戻ろうとして……途中のカウンターキッチンの上に置かれた直方体の紙箱を、スマホが照らした。

その箱に書かれた文字を見るつもりは毛頭なかった。

しかし寝起きで思考力が鈍《にぶ》っていた事に加え、文字を目にしたら読んでしまうという人間の習性が働き、そのパッケージを目でなぞってしまう。

『睡眠改善剤』

女子高生の部屋に存在するには似つかわしくない文字の羅列に、ぼんやりしていた思考が冷水を浴びせられたように覚醒した。

「…………」

見なかった事にした。

何もかも完璧な、学年で一番人気の彼女の知られざる一面を目にしてしまった。

小心者の僕は、その事に妙な罪悪感を覚えた。深く考えることは放棄《ほうき》して、空き巣のような足取りで寝室に戻り、ベッドに身を横たえる。

熱により体力が回復しきっていない身体に、眠りはすぐに訪れた。

◇

次に目覚めると昼だった。

ディスプレイに表示された十二時三分という表記を確認してから、スマホを閉じる。

熱はだいぶ下がっているように感じた。まだ倦怠感はあるけど、昨晩と比べると脳みそを新品に取り替えたかと思うくらい気分は軽い。

回復の早さからして、生活習慣崩壊による免疫低下が招いた一過性の風邪説が濃厚だ。

そろそろ生活サイクルを改めないと。

多分、三日坊主で終わるであろう決意と共に起き上がる。

ぼーっとする頭をぽりぽりと掻いてから、視線を横へ。

雪白さんはまだ夢の中だった。

小鳥のうたた寝のような寝息をすぅすぅと漏らし、枕《まくら》を抱き締めて眠っている。

そんな彼女は、几帳面なイメージとは裏腹に寝相《ねぞう》がちょっとだけ悪いようだった。

昨晩、彼女を包んでいたはずの掛け布団ははだけてしまっている。

寒そうだなと、疚《やま》しい気持ちも下心もなくそっと布団をかけてやる。

その拍子に、視線がつい雪白さんの体軀に吸い寄せられた。

身体の線は細い。しかしよく見ると、出るところはちゃんと出ていて……。

「……っ」

頭を振って煩悩《ぼんのう》を追い出す。

僕だって、一介の男子高校生だ。

年頃の可憐《かれん》な女の子の無防備な寝姿を目にして生理的な欲求が動かない訳がない。

けど、ここで邪な気を抱くのは駄目だろう。

こういう時は念仏を唱《とな》えれば煩悩を追い払えると、何かの本で読んだ。

僕には一生縁がないだろうと思っていたけど、いまこそ念仏の出番だ。

南無阿弥陀仏《なむあみだぶつ》南無阿弥陀仏。

「んぅ……」

八周目くらいの念仏で、色っぽい吐息と共に布団がもそりと盛り上がった。

「おはよぅ……ござい……ます」

「……おはよう」

寝惚け眼をくしくしと擦《こす》る雪白さんが、僕の姿を認めて目を見開いた。

「……ど、どなたですか⁉」

がばっと、自分の身を守るように毛布を纏い、壁に後ずさる雪白さん。

「え、いや、ちょ……本気で言ってる？」

予想外の反応に真面目に焦っていると、彼女は「ぷっ」と吹き出して。

「冗談《じょうだん》です。覚えていますよ、天野くん」

どうやら揶揄《からか》われていたようだ。

ちょっと悪戯《いたずら》っぽいところがあるらしい。

これも、学校では見たことのない一面。

「僕は冗談を冗談として処理できないバグを抱えているから、そういうボケにリアクションを期待されても困る」

「そうですか？　私は新鮮で楽しかったですよ？」

にっこりと笑う雪白さんに、どきりと胸が高鳴った。

危ない。まだ念仏が足りないようだ。

南無阿弥陀仏南無阿弥陀仏。

「体調はどうですか？」

「南無阿弥陀仏」

「それはなんのボケですか……？」

「あ、いや、これは違う。まだちょっと熱はありそうだけど、だいぶマシになってるよ」

「それなら、よかったです」

深い、安堵の息が漏れる。

赤の他人である僕を心の底から心配してくれる雪白さんはやっぱり、評判通りの優しい人なんだろう。

「何からなにまでありがとう。本当に、助かった」

改めて雪白さんに向き合い頭を下げる。

「どういたしまして。大事にならなくて良かったです」

「重ね重ねになるけど、この借りは必ず返す」

「いえいえお気になさらず。困った時は、お互い様です」

まっすぐな瞳で言われて、僕は息を呑《の》んだ。

このまま僕が帰って普通の日常を送っても、彼女は多分、僕に何の見返りも求めない。その確信があった。明日から、昨日と変わらない日々がただ流れていくだろう。

彼女の善意に甘えるのは簡単だ。

だけど、僕の人格の中にある大きな軸の部分が、それを許さなかった。

「何か、今僕に出来る事とか、ない？」

気がつくと尋ねていた。

布団の片付けでも掃除でも昼ご飯を作るのでもお金を渡すのでも、なんでもいい。

雪白さんに良くしてもらった分、何か僕も出来ることをしたい。そう思っていた。

……後日になったら、僕の方から話しかけなければいけないハードルがある。

だから今言っておこう、という利己的な魂胆《こんたん》もあったけども。

僕の問いから、雪白さんの返答まで間があった。

目をぱちぱちと瞬《しばた》いて、何かを深く考えているようだった。

やがて、雪白さんは大きく息をついた。

「じゃあ……」

覚悟を決めたようにこちらを見てくる。

恐る恐るといった感じで、彼女はゆっくりと要望を口にした。

「私と、添い寝フレンドになって欲しいです」

……。

…………。

………………またかなりの間があってから。

「……はい？」

僕はそれだけを口にした。

「あっ、ご、ごめんなさい！」

雪白さんが頭を下げる。

寝起きで乱れていた長髪が、強風に煽《あお》られるカーテンみたいに舞った。

「本当にごめんなさいちょっと寝ぼけてて頭に浮かんだ事がそのまま出てしまっていやもう手遅れなんですけどああう本当にどうしたら……」

「ちょ、落ち着いて」

わかりやすく混乱する雪白さんに手を伸ばして、だけど触れるのは憚《はばか》られて手を引っ込めるという挙動をかましている間に、雪白さんが肩を落として言った。

「訳がわからないですよね。突然、こんなこと言われても」

「えっと……まず、質問していい？」

「あ、どうぞどうぞ」

「添い寝、フレンド？　何それ？」

おおよそ、日常生活で発音することのない音の並びを反芻する。

添い寝、一緒に寝ること。

フレンド、友達。

つまり、一緒に添い寝をする友達、という意味だろうか？

「その……端的に言うと……一緒に添い寝するだけのお友達です」

「なるほど……」

改めて聞くと、どこかで耳にしたような気がしないでもない。

胡散臭《うさんくさ》いネット記事か、教室での噂話《うわさばなし》か。

どこでだっけ……？

「巷《ちまた》では結構、流行《はや》ってるらしいですよ？」

「流行ってるかどうかは措《お》いておいて……なんで、その……添い寝フレンドとやらが欲しいの？」

「えっと、ですね……」

また、間があった。

双方無言のまま時間が過ぎる。

いや、過ぎていないのではないか、止まっているのではないかと錯覚《さっかく》するような時間。

じんわりと、僕の背中に冷や汗が浮かんできてやっと、時間が動き出す。

「最近、人肌が、恋しくて……」

ぽつり、ぽつりと、一言一句を選ぶように言葉が紡《つむ》がれる。

「その……夜、誰か一緒にいてくれたらなー、なんて……思って、たり……」

後半の声はもう、消え入りそうなほど小さくなっていった。

赤は頬だけでなく顔全体に染み渡っていて、今にもぷしゅーと湯気が立ち上りそう。

膝の上でぷるぷると震える両拳。嘘がバレた子供のようにぱちぱち瞬く瞼。

もはや、学校での清楚《せいそ》でお淑《しと》やかな印象は欠片《かけら》もない。

自分よりも冷静じゃない人を目の前にするとかえって冷静になるという法則により、僕はなんとか頭を動かすことが出来た。

……整理しよう。

雪白さんは、最近心細い。

その心細さを払拭《ふっしょく》する手段として、誰かと添い寝をしたい。

そこで、僕に添い寝フレンドになって欲しいと提案した。

纏めるとこんな感じだろう。

手段として添い寝を選択するのはどうなのか、という部分は彼女の好みの問題だと目を瞑《つむ》れるとして、無視できない大きな疑問が一つあった。

それを解消すべく、ないコミュ力を振り絞って口を開く。

「理由はわかったんだけど…………なんで、僕なの？」

雪白さんが不思議そうに顔をあげる。

「添い寝フレンド……いうなれば一緒に夜を過ごす相手なら、僕よりも適役がいると思うんだ。もっと仲のいい友達とか……」

そもそも家族とか、とは言わなかった。

なんとなく、口にしてはいけないような気がしたから。

「少なくとも、昨日初めて話したような、そんなよく知らない相手に提案するようなことじゃないと思うんだけど」

「ああ、なるほど……それも確かに、そうですね」

言われてようやく気づいた、といった様子の彼女を見ていると、我が子が知らない大人についていかないか心配になる親の気持ちが少しわかるような気がした。

「実際に一晩過ごしてみて、天野くんが誠実で優しい、紳士的な人だとわかりました。それで、思ったんです。ああ、この人なら大丈夫だろう、って」

ぽりぽりと、僕は頰を掻いた。

この手の言葉は言われ慣れていなくて、むず痒《がゆ》い。

「それはなんか……ありがとうって感じなんだけど。でも、ほんの一晩過ごしただけだぞ？　判断を下すには早いような」

「意外とわかるものですよ？　その人が纏ってる空気？　みたいので、だいたい」

「そういうものなのか」

「私の場合は、ですけどね」

それについては、そうなのか、としか言いようがない。たくさんの人と関《かか》わっている分、他者の性質を見抜くセンサー的なものが備わっているのだろう。

「……あと、別に昨日しか見ていないわけでもないですし」

何故《なぜ》か雪白さんは、僕の鼓膜がギリギリ震えるくらいの声量で言った。

確かに、お互いクラスメイトだから教室で存在は認識されているわけで。

僕と違い人に興味があるであろう雪白さんは、知らない間に僕を人間ウォッチしていたのかもしれない。その過程で彼女は、僕を異性に手を出せる気概も勇気もない、いわゆる無害な人間としてカテゴライズしたのだろう。

この時の僕はそう処理した。

「それから、もう一つ理由がありまして」

「もう一つ？」

尋ねると、雪白さんは逡巡《しゅんじゅん》するような素振りを見せてから、言葉を落とす。

「実は私……最近、寝つきがとても悪くて……かなり睡眠不足気味で……」

心臓が大きく跳ねた。同時に、言葉が脳裏《のうり》に浮かぶ。

『睡眠改善剤』

奥底に仕舞い込んで蓋《ふた》をした記憶が強制的に引き戻されて、僕の背中に冷や汗が走る。

「ですが、天野くんと一緒だったら、すんなりと眠れる事に気づいたんです」

「僕と、一緒だと？」

こくりと、雪白さんは頷く。

「昨晩、最初に天野くんをベッドに寝かした時、すぐに眠気が来て寝落ちをしちゃいました……普段なら、絶対にありえない事なのに」

――わ、私、もしかして寝てましたっ？

――…………ね、寝てたけど？

――はぁ……やっぱり……。

昨日、雪白さんのベッドで目覚めた際のやりとりを思い出す。あの時の反応は、自分が瞬時に寝落ちした事に対し驚きを覚えていたのかと合点《がてん》がいった。

「そして、何よりも……」

すうっと、雪白さんが大きく息を吸い込んだ。

「天野くんと一緒に寝たら、とても寝心地が良かったんです！」

「……へ？」

急に立ち上がって声を張るもんだから、僕は呆気《あっけ》にとられてしまった。

「天野くんと過ごした一晩の心地よさが……あの、全身にぎっとりと纏わり付いた疲れが、ほわほわほわーって解消されていく感じが！」

両手をギュッと握りしめ、選挙の候補者もかくやといった身振りで力説する雪白さん。

「もう間違いなく、人生で一番の寝心地でした！　落ち着くというか、心が安らぐというか……これはもう、添い寝の相性が良かったとしか思えません！」

「厳密には別々の布団だったから添い寝ではない気がするけど」

「細かいことはいいんです。とにかく、天野くんと一緒に寝ると、とても気持ちよくて、ぐっすり寝ることが出来て……それでもう、ああやっぱりこの人しかいないなって、思ったんです！」

…………なるほど？

言ってることは理解はできるし、筋も通っていると思う。

たしか僕の親類が、僕は寝相も良くいびきもかかないと言っていたような気がする。

死んでるんじゃないかと心配になって起こしたくらいだとか、なんとか。

一人が心細くて癒《いや》しが欲しい中、静かに人の存在だけを提供してくれる僕という物体は、雪白さんの需要《じゆよう》をしっかり満たしたのだろう……って、あれ？

「やっぱり、って事は、寝る前から、添い寝したいとか思ってたの？」

ぱちぱちと目を瞬かせて僕の疑問を咀嚼《そしやく》した雪白さんが、「あっ」と声を出す。

まるで、カマをかけられまんまと口を割ってしまったかのように。

「雪白さん？」

「天野くん、言いましたよね。夜、一人で眠るのは寂しい、って」

一転、雪白さんは真面目な声で言う。

「……厳密には、寂しくないと言えば嘘になる、だけど」

「寂しいってこと、ですよね？」

「…………まあ、そうだと思う」

煮え切らないのは、僕の中にあるちっぽけな羞恥心のせいだ。

胸に冷たい風が吹くような不快感。

心の低温症。

多分、それが寂しさの正体。

「天野くんも、私と同じだと思ったからです」

「僕と、同じ？」

「はい。天野くんも、私と同じ、深い孤独を抱えていて、寂しがっていて……誰かと繋《つな》がりたい、癒しが欲しい、そう思っていると確信したんです」

「……たった一晩でそこまで推察出来るものなのか？」

「いえ、前から……」

「前？」

「あ、いえ、これはなんでもありません」

こほんと小さな咳払《せきばら》い。なんだか含みのあることを言われた気がするけど、訊こうか迷っている間に雪白さんが言葉を続ける。

「とにかく、この関係は、私にとっても天野くんにとっても、良い話だと思うんです。お互いがお互いの孤独を埋めあって、癒しあう関係……とてもウィンウィンな関係だと思います」

慣れないスピーチを話し終えたみたいに深く息を吐き、雪白さんがこちらを窺《うかが》う。

「……理由は以上です。その……いかがで、しょう？」

「いかがでしょう……って」

正直なところ、判断に困るというのが本音だった。

友達すら碌《ろく》に作った事のない僕が、ただ添い寝をするだけの関係を？

それも、学年で一番人気の女の子と？

明らかに僕が処理する事ができる情報量をオーバーしていた。

まだ夢の続きを見ているのではないか、と言われた方が納得できる。

今まで経験したことのないプレッシャーと緊張が駆け巡って、つま先から徐々に体温が消えていくような感覚を覚える。

心拍数が上昇し、心なしか息も浅くなっていた。

逃げたい。このまま思考放棄して二度寝を敢行《かんこう》したいとすら思った。

……ああ、そうだ。

一旦返答は保留にして、この場を乗り切ろう。

いったん一人になって、冷静に考えて、それから答えを出そう。

うん、そうしよう。
その方が、僕にとっても雪白さんにとっても良いと……その時、気づいた。
雪白さんの肩が、手が、唇が、微《かす》かに震えていることに。
（そりゃ、そうか……）
さほど交流も深くない異性のクラスメイトに、「添い寝フレンドになってくださ
い」とお願いする。それがどれだけ勇気のいる行動だったのか、僕には計り知れない。
計り知れないけど、少なくとも並大抵のものではないことはわかる。
でもそのくらい、彼女にとって得たい関係だったのだろう。
寝つきが悪くて睡眠不足気味という日常における不具合を改善したいというのも、
台所に置かれてあった『睡眠改善剤』を目にしたため強い説得力を持っていた。
夜、一人で寝るのが寂しいというのも、雪白さんの本心から出た言葉だろう。
困っている彼女の要望を無下にするほうが気が引けるし、何よりも雨の中生き倒れ
ていた自分を助けてくれた恩返しにもなる。
「わかった」
気がつくと、言葉を落としていた。
様々な感情と思考が入り混じって、口がひとりでに動いていた。

「……え？」

「なるよ、添い寝フレンド。……僕でよければ、だけど」

「……ほ、本当に、なってくれるんですか？」

「他でもない恩人の頼みだし、無下には出来ない。僕の添い寝くらいで埋め合わせ出来るなら……だけど」

「埋め合わせとか気にしないでください！」

雪白さんが立ち上がった。

声の勢いに気圧《けお》されて、一歩後ずさる。

「これは、完全に私の我儘《わがまま》みたいなものなので……」

「それでも、恩返しになるなら、僕にとってもありがたいよ」

人に何かをしてもらったら、何かしらの形で恩を返したい。

という気持ちは多分、人よりも強いと思う。

「それに……」

一瞬逡巡して、でも伝えておいた方が雪白さんも気が楽になると思って口を開く。

「……多分僕にとっても、この関係はありがたいと、思う、から」

それは言い換《か》えると、僕自身も雪白さんと添い寝フレンドになりたいという主張だった。

恥ずかしさで体温の上昇を感じる。

その途端、雪白さんの身体がぐらりと揺れた。

「ちょっ」

「あっ……」

両手を伸ばしたのはとっさの判断だった。

重力に引っ張られ床に倒れそうになった雪白さんを、僕は太腿《ふともも》に力を入れて抱き留めた。

腕の中。びっくりした表情の雪白さんが、視線を逸《そ》らして言う。

「……ご、ごめんなさい。なんか、力抜けちゃいまして」

「……あ、うん、気にしない、で」

脳髄《のうずい》をぐらぐら揺らす甘ったるい匂い。

小さな背中を支える腕から伝わってくる、柔らかい感覚。

ばっくんばっくんと高鳴る心臓を宥《なだ》めつつ、雪白さんをそのままベッドに座らせる。

その横に、僕も腰を下ろした。

「ありがとう、ございます……」

「いや……」

気まずい沈黙。

異性経験ゼロの僕にとって、先のくだりは刺激が強すぎた。

昨日、雪白さんに抱き留められた時は高熱でぼやっとしていたから大丈夫だったけど、通常状態だと心臓に悪すぎる。

妙な感情を抱かないよう気をつけないと。

「では、改めてっ、よろしくお願いします」

「う、うん、よろしく……って、何その手？」

「握手ですよ？」

「あ、なるほど、握手、ね……」

人と握手なんて、小学生の時に体育の授業でドッヂボールの試合後に対戦相手と交わしたのが最後だったと思う。形式以外で交わす握手は、人生で初めてだ。

肩が強張《こわば》る感覚を覚えながら、差し出された手に自分のそれを重ねる。

彼女の手は背丈《せたけ》に見合ってとても小さく、握ると包み込むようになってしまう。

ひんやりとした感触の中に、ほのかな温もりを感じる。

同時に、どこか嬉しそうな雪白さんの笑顔を見た。

第二章

家に帰った後も土曜は寝て過ごした。

週に二日しかない休みを夢の国で過ごすというのは、インドア志向の僕にとって特段珍《めずら》しいことではないので、いつも通りと言えばいつも通りの週末であった。

日曜日に至っては体調もだいぶマシになったので、読書とヨーチューブに時間を費《つい》やし優雅なひとときを送ることが出来た。日付が変わる前に布団に入り、ぐっすりと眠って迎えた月曜日には、すっかり元の調子に戻っていた。

夜更《よふ》かしは程々にしようという、おそらく三日坊主で終わるであろう決意と、まだ残っている激安コーヒーを流し込んでから登校する。

「おはよう、天野くん」

教室に入るなりクラスメイトが声をかけてきた。

彼女はクラス委員長の……誰《だれ》だっけ。

　先週、名前を聞いた気がするけど、興味のないことを覚えていられない特性を持つ僕の脳の記憶フォルダには未登録のようだった。

「おはよう」

　それだけ告げると、僕は逃げるように自分の席へ向かった。

　クラスメイトたちの中身のない雑談を、どこか遠い異国のラジオのように聞き流しつつ、ワイヤレスイヤホンとスマートフォンを取り出す。

　ヨーチューブを起動し、お気に入りのヨーチューバーの新作動画をタップ。マッチングアプリの広告動画が流れている間に、イヤホンを耳に装着しようとした時――。

「みなさん、おはようございます」

　しゃらんと、鈴が鳴るような声。

　それだけで、教室の空気は清涼スプレーが撒《ま》かれたみたいに変わった。

「雪白さん、おはよう！」

「おはようございます、城山《しろやま》さん。そのネイル、可愛《かわい》いですね」

「おはよう、雪白さん」

「おはようございます、稲田《いなだ》くん。先週お勧《すす》めしていただいた小説、とても面白かったです。ありがとうございました」

誰が来たのかは一目瞭然《りょうぜん》ならぬ一声瞭然だった。

彼女がどのような状況になっているのかも見なくてもわかる。にも拘《かか》わらず、視線を上げて彼女たちのグループに目をやったのは、先週、思わぬ間柄となった雪白光というクラスメイトに対して多少なりとも関心を持っていたからだろう。

（……本当に同一人物だろうか？）

先日見た、彼女のさまざまな一面を思い起こして思う。

真面目《まじめ》で優しい部分は同じだが、抜けてててちょっぴりおっちょこちょい。

おそらく、それが彼女の素なんだろう。

学校ではよそ行きの顔をしているのだと、僕は確信を深めた。

同時に、不思議にも思った。

（なんで僕には……素を見せてくれたんだろう）

それは、考えてもわからなかった。

「おはよう光ちゃん！　今日は一段と可愛いねー！」

「おはようございます、橘《たちばな》くん。いえいえ、そんなことないですよ」

「いいや、いつも通りじゃないね！　いつもは可愛くてキラキラしてて目を細めちゃうんだけど、今日は目が開けられないくらい可愛い！」

「あはは……」

「ちょっと隆太《りゅうた》！　ひーちゃんが怖がっているでしょう⁉」

気の強そうな面持《おもも》ちの女子が、隆太と呼ばれた男子をキッと睨《にら》みつける。

「あっ、りっちゃん。おはようございます」

その女子を見るや、雪白さんは笑みを深めた。

りっちゃんと呼ばれた少女の苗字《みようじ》と正式な名前は……覚えていない。

背は女子にしては高く、僕と同じくらい。

運動部に所属しているのか、身体《からだ》は全体的に引き締まっている。

軽く染めた髪は動きやすさを重視してか短めだった。

「おー、怖い怖い」

ヘラヘラ笑う彼は……先ほどありがたいことに橘隆太というフルネームを聞けた。

確か、サッカー部のエース。

雪白さんがクラスの男子の視線を集める存在なら、彼は女子の視線を集める存在だ。

雪白さんに先のような発言を投げかけるあたり、当然顔立ちは整っていて本人もそれを自覚しているタイプのイケメンだ。

クラスのトップカーストのグループに属しており、その中でもリーダー的な存在。

雪白さんとよく話す生徒の一人だ。

「凜《りん》、朝からそんなカリカリするなよ。美人が台無しだぜ？」

そう言って、橘は自然な流れで凜と呼んだ怒っている女子の頭をぽんぽんと撫《な》でた。

「ちょっ、気安く触らないで！　アンタはいつもそうやって……」

がるると唸《うな》る女子の姿はサバンナを駆けるライオンを彷彿《ほうふつ》とさせる。

とはいえ二人もそれなりに付き合いが長いらしく、本気で怒っているわけではないことはやりとりを見てわかった。

「今日も二人は仲良しですね」

「ちょっ、ひーちゃん勘弁して⁉　誰がこんな奴《やつ》と……」

「喧嘩《けんか》するほど仲がいいって言うしな」

「アンタは黙ってなさい！」

クラスの中心でわいわいと交わされる陽属性たちのやりとりに、取り巻きたちもつられて笑っている。ひとりで机に座りスマホを注視する僕とは別世界の出来事だ。

（やっぱり、夢だったんじゃないか？）

クラスにおけるお互いの立ち位置が違いすぎて、そんなことを思ってしまう。

……夢ではないことを確かめるように、土曜日の昼を思い返す。

雪白さんと添い寝フレンドになる事が決まった後。

これからお互いに添い寝をするにあたって、僕は雪白さんと二つのルールを決めた。

「ひとつは、添い寝フレンドという関係については他の人に言わないこと」

添い寝しあう関係なんて、他の生徒に知れ渡ろうものなら絶対に面倒臭いことになる。

直接的な実害はないかもしれないけど、奇異の視線に晒《さら》されることは間違いない。

目立つという状態が苦手な僕にとっては由々しき事態だ。

なるべく、そういったリスクが付き纏《まと》う状況は避けたい。

という旨《むね》を大雑把《おおざっぱ》に説明した。

「それはもちろんです。私としても、この関係のことは伏せた方が良いと思っているので」

彼女も彼女で、自身の教室内での立ち位置は理解しているのだろう。

余計な厄介事《やっかいごと》を生まないという意味でも、この提案は双方納得のうえ締結された。

「もうひとつは、添い寝する日はなるべく昼までに連絡すること」

お互い、毎晩フリーという保証はない。

僕にはバイトがあるし、雪白さんにだって友人との付き合いとかあるだろう。

直前に連絡してバタつくより、余裕を持たせようという理由から提案した。

「はい！　わかりました、なるべくお昼までに連絡しますね」

「ありがとう、助かる」

「ところで……天野くんから連絡することはないのですか？」

「多分……ないかな」

「えー」

雪白さんは不服そうだったけど、これぱかりは仕方がない。

「天野くんも、今日なんだか人肌恋しいな〜と思ったら、遠慮なく連絡してくださいね」

「……まあ、考えておく」

言いつつも、自分から添い寝をしたいと口にする未来は一生来ないだろうと思った。

僕如《ごと》きが雪白さんに添い寝の申し出をするなんて烏滸《おこ》がましいにも程がある。

心の低温症は、今まで自分でなんとかしてきた。

これからも、なるべくそうするつもりだ。

そして迎えた週明けの今日。

今朝、家を出る前に雪白さんからＲＩＮＥが来た。

『今日、添い寝をしたいです』

僕は『わかった』とだけ返した。

可愛くデフォルメされた兎《うさぎ》の『OK』スタンプはなんて返せばいいのか三十分ほど考えたものの、わからなかったので既読スルーしている。

回想を終えると同時に、ホームルーム開始のチャイムが教室に響いた。

雪白さんのグループも蜘蛛《くも》の子を散らすようにそれぞれの席へつく。

結局、ヨーチューブは見られなかった。

一抹《いちまつ》の残念さを覚えつつ、スマートフォンを仕舞う。

その時、雪白さんと視線が交差した。

彼女は僕にしか見えないくらい小さく、腰のあたりで手を振った。

それが、先週とは雪白さんとの関係値が変化したことを示す確かな証拠だった。

僕は軽く頭を下げて、鞄《かばん》から教科書を取り出す。

机に広げた教科書は先日の雨に濡《ぬ》れたものだった。

雪白さんが手厚く応急処置はしてくれたものの、一度ページに染み込んだ水分のせいで少し膨《ふく》らんでしまっている。

紙の匂《にお》いに混じって、ほのかに湿った匂いが漂ってくる。

指を沿わせると、教科書らしからぬゴワゴワとした感触が指先から伝わってきた。

学年一の人気者である雪白さんと添い寝フレンドになったこと。

その現実味が、ようやく強くなった。

◇

「おっ、天野くん、今日は調子が良さそうだね」

放課後、バイト先の書店。順番がバラバラになった本を元の位置に戻すという、書店員の任務を忠実にこなしている最中に、雨宮先輩が声をかけてきた。

「はい、おかげさまで」

「良かった、八十点！　雨は大丈夫だった？」

「……あー、まあ、なんとか」

「うんうん、それなら何より、百点！」

雨に打たれて転んで動けなくなって危うく死にかけました、と正直に言ったらどんな反応をされるんだろう。

基本的に他人とのコミュニケーションは最低限に済ませたい僕は、話をややこしくするような火種は投げ込まない。

「原因は喉風邪《のどかぜ》？」

「多分、そうだと思います」

「多分？　病院行かなかったの？」

「はい、まあ」

「十点！　ダメだよー、病院行かなきゃ。将来の私の就職先が潰《つぶ》れたら困る！」

「僕ひとりが病院に行かなかったくらいで、潰れないでしょう」

「いやマジレスかい」

「……ごめんなさい」

冗談に対するリアクションは苦手だ。

僕のゼロに近いスキルの一つだと思う。

「もー、また謝るー。それだから……」

続きを言おうとして、言葉を飲み込んで、ため息をつく雨宮先輩。

何を言おうとしたのか、おおよそ予想はついた。

「とにかく、喉風邪は下手したら気管支炎や肺炎を引き起こして大変なことになるかもしれないから、今度からはちゃんと行かないとだよー」

「はい、ありがとうございます」

「うん、よろしい。あ、そうだ」

ゴソゴソとポケットを弄《いじ》って、雨宮先輩が何かを差し出してきた。

「飴《あめ》ちゃんいる？」

白い掌《てのひら》で踊《おど》るピンク色のラッピングには『いちご味』と書かれている。

「バイト中ですよ？」

「終わった後にでも！」

「はあ……でもなぜ？」

「んー、回復祝い？」

「なるほど……大丈夫です」

対価というわけでもない物品を貰《もら》うのは気が引ける。

「そっかー、二十点」

ちっとも残念そうじゃない素振りで、雨宮先輩は飴をポケットにしまった。

◇

午後九時過ぎ。

バイトを終えて書店を出た僕のスマホが震えた。

ＲＩＮＥの通知だった。友達登録をしている人物は一人しかいないため、誰からのメッセージかはすぐにわかる。

ひかる『バイトお疲れ様です！　今から帰りですよね？』

雪白さんには事前にバイトの終了時間を伝えているため、見計らって確認のメッセージを送ってきたのだろう。なんとも律儀《りちぎ》な。

慣れないフリック入力で返信メッセージを入力する。

天野結人《ゆいと》『うん、そうだよ』

ひかる『了解です！　では、布団敷いておきますね』

天野結人『ありがとう、助かる』

ひかる『ところで……夜ご飯、食べましたか？』

これはどういう意図の質問だろう。

首を捻《ひね》ってもわからなかったので、無難に返すことにする。

天野結人『バイト前にカロリーメイトを食べた』

ひかる『それは夜ご飯と言いませんよ笑』

天野結人『効率良く栄養を摂取するには最適な食べ物だと思う』
ひかる『はあ、なるほど……ということは、腹ぺこですか？』
天野結人『まあ、それなりには』
ひかる『嫌いな食べ物はありますか？』
天野結人『強《し》いて言うならセロリと梅干し』
ひかる『あ、私もセロリ苦手です。セロリ撲滅同盟結成ですね』
　なんだ、セロリ撲滅同盟って。
ひかる『って、梅干し苦手だったんですか⁉　すみません、おかゆを出した時に添えてしまって……』
天野結人『いや、それは言ってなかったから仕方ないよ。それに、食べることもできたし』
ひかる『そうですか……なら良いのですが……』
天野結人『それはそうと、ご飯、雪白さんの家で食べていい？』
　時間も時間だし、コンビニで適当に買って雪白さんの家で夕食をとろうと思った。
ひかる『もちろんです！　楽しみにしておいてください！』
天野結人『楽しみに？　よくわからないけど、了解』

可愛い兎キャラが楽しそうにスキップするスタンプには、やっぱりどう返していいかわからず既読スルーした。

いつもより足早に帰宅する。ぱっとシャワーを浴びてから、着替えと学校に必要な諸々《もろもろ》一式をリュックに詰めてコンビニへ。

大盛りの唐揚げ弁当か、大盛りチキン南蛮《なんばん》弁当かの二択で迷った。

唐揚げ弁当はお気に入りのメニューの中でも一番よく食べているため、たまには趣向を変えてと後者を選択した。同じ鶏肉《とりにく》だからそんなに変わってない気もするけど。

胃袋からの飯くれブーイングが先程から鳴り止《や》まないため、しっかり食べなければ。

ついでに、新商品の生クリームエクレアと、無糖の缶コーヒーも購入しておく。

甘いのも苦いのも美味《おい》しいと感じる舌を持って生まれて良かったと心底思う。

コーヒーはホットかアイスかで悩んだが、眠気覚ましの意味も込めてアイスを選択した。

コンビニを出てすぐに缶のタブを起こした。

美味しくもまずくもない。

強いて言えば親しみ深い液体を喉に流し込みながら思い出す。

雪白さんが淹《い》れてくれたコーヒーは美味しかった。

人に何かを望むことに強い抵抗はあるけど、あのコーヒーはまた飲みたい、と思った。

◇

「……お邪魔します」

「あっ、待ってましたー」

二日ぶりとなる部屋の玄関を潜《くぐ》ると、雪白さんがぱっと笑顔を咲かせてやってきた。

まるでチワワだ。久しぶりに帰ってきた飼い主に飛びつく感じの。

学校でのお淑《しと》やかさどこいった、と今更突っ込むまでもない。

そのままリビングへ移動する。

「準備は万端ですか？」

「うん、まあ」

心の準備は除いて、おおよそ人の家に泊まる際の事前準備は済ましてきた。

「雪白さんは？」

「スタンバイＯＫです！」

薄桃色のパジャマを自慢するように見せてくる。

ふわりと、シャンプーの甘い匂いが漂ってきた。

シャワーを浴びたのだろうか。

さらさらの黒髪はしっとり水気を帯びていて、頬《ほお》はほんのりと朱に染まっている。

妙に色っぽく感じてしまったのは、邪《よこしま》な気も何もない本能なので許してほしい。

「じゃあ早速だけど、リビングの机、使わせてもらっていい？」

「机、ですか？」

小首がこてんと倒れる。

「うん、コンビニで弁当買ってきたから、そこで食べようかなと」

「こ、コンビニで弁当⁉」

「なんかまずかった？」

「まずいも何も……夜ご飯、作っちゃいましたよ？」

「え……」

思考が一時停止。残された理性が雪白さんの言葉を咀嚼《そしやく》したあと、そこはかとなく嫌な予感が到来する。先程のＲＩＮＥでの、雪白さんの言葉を思い返す。

——夜ご飯、食べましたか？

——腹ぺこですか？

——嫌いな食べ物はありますか？

からの、このやりとり。

——ご飯、雪白さんの家で食べていい？

——楽しみにしておいてください！

全《すべ》ての辻褄《つじつま》が電気回路みたいに繋《つな》がった。

僕は跪《ひざまず》き、両の手と頭をフローリングの床に擦《こす》り付けた。

「盛大な勘違いをしましたごめんなさい本当に」

「ちょ、天野くんっ？」

謝罪の中では最上位クラスの効果を誇る土下座。

雪白さんが戸惑《とまど》いを滲《にじ》ませた声を弾《はじ》けさせる。

しかしすぐに、僕の目の前に影が落ちた。

「あ、頭を上げてください、天野くん」

言われた通りにすると、目の高さから少し上の位置に雪白さんの顔があった。

ちょこんと正座をして、眉をしょんぼりさせている。

「元はといえば、伝え方が悪かった私のせいですよ……本当にごめんなさい」

「ちょ、雪白さんっ？」

床にゆっくりと触れる両掌《りょうてのひら》、闇《やみ》色の長髪。

頭《こうべ》を垂れる美しい所作を見て、茶道の先生を思い出した。

学園のアイドル、雪白光を土下座させてしまった。

こんなところ、クラスの誰かに見られようものなら処刑ものだ。

「あ、頭を上げて、雪白さん。別に怒ってもないし、謝ってほしいわけでもないから」

「でも……混乱をさせてしまって、申し訳ないです……」

面を上げて言う雪白さんの表情には、わかりやすく罪悪感が浮かんでいる。

（前も思ったけど……雪白さんって、考えすぎというか気にしすぎというか、自分が悪いって思ったらとことん自責に走るところがあるな……）

気づく。雪白さんのその思考が、僕のそれと類似していることに。

泥を混ぜたヨーグルトのように、薄黒くてどろりとした感触が胸のあたりで疼《うず》いた。

先日にも抱いた違和感。

（……まさか、ね）

一瞬浮かんだ『まさか』を打ち消す。

馬鹿馬鹿しい推論だ。

彼女が『僕と同じ』なんじゃないか、なんて。

「とにかく、これ以上謝りあっても仕方がないから、夜ご飯にしよう。雪白さんはもう、夜ご飯食べた？」

「えっと、夜ご飯は……」

きゅるる……と、腹の虫と思《おぼ》しき旋律《せんりつ》がやけに大きく響く。

「……あー……待っててくれたみたいで、ごめん」

「…………いえ、とんでもない、です」

雪白さんは頬をりんご色に染めてぷるぷると身体を震わせていた。

ここまで恥じらいを露《あら》わにする彼女を目にしたのは初めてだ。

可愛い、と不覚にも心の中で呟《つぶや》いてしまう。

危なかった、すぐ喉元まで言葉が来ていた。

気を抜いたら口に出ていたかもしれない。

「じゃあ、夜ご飯にしようか」

「そうですね」

立ち上がる僕に雪白さんも続く。

まだ頬は赤みを残しているが、会話に未練は残さないようだ。

「お弁当、温めましょうか」

「いや……せっかくだから、雪白さんが作ってくれたご飯を食べるよ」

「え、でも。コンビニ弁当は消費期限、早くないですか？」

「早いといっても明日とかなら全然持つから。それよりも、手料理の方がその日に食べないと勿体《もったい》ないと思う」

「……‼　じゃあ！　すぐに温め直しますね！」

わかりやすく上機嫌《じょうきげん》になった雪白さんが身を翻《ひるがえ》す。

「あ、ちなみに、コンビニで何を買ってきたんですか？」

くるりと身体を回転させて正面に戻る。

「そんな面白いものでもないと思うけど」

コンビニ袋を雪白さんに手渡す。

「ふむふむ、どれどれ……お、大盛りチキン南蛮弁当⁉　それにエクレアも！　ダメですよ、夜中にこんな高カロリーなもの食べちゃ！」

「そうなの？　いつも大体こんな感じなんだけど……」

「い、いつも……⁉」

ありえないと言わんばかりに愕然《がくぜん》とする雪白さん。

「とにかく、毎晩これでは不健康です、不摂生《ふせっせい》です、生活習慣が終焉《しゅうえん》を迎えます」

「そんな世界の終わりみたいな。あと、毎晩コンビニ弁当というわけではないよ？ カップ麺とか、ファマチキとか、日によって食べるものは変えてる」

雪白さんが目眩《めまい》に見舞われたように額《ひたい》を手で押さえた。

「……これは、なんとかする必要がありますね」

独《ひと》り言《ごと》レベルで呟かれたそれはよく聞き取れなかった。

「雪白さん？」

「とりあえず、このチキン南蛮弁当とエクレアは没収です」

「ああ……僕のカロリー……」

「すぐ夕食の準備をするので、ちょっと待っててくださいね」

切ない声を漏らす僕に構わず、雪白さんはコンビニ袋と共にキッチンへ。

残された僕は、リビング中央に配置されたソファに腰を下ろした。

正直、やることもないので手持ち無沙汰《ぶさた》だ。

夕食を作ってくれているのにスマホでヨーチューブを見始めるのも違うよなと思い、キッチンに目を向ける。

この部屋の台所はリビングを見渡せるカウンター式になっているため、雪白さんが夕食の準備をする光景がここからでも窺《うかが》えた。

冷蔵庫から器や片手鍋《なべ》を取り出し、レンジで温めたりＩＨにかけたりしている。

ジュワジュワと香ばしい音が聞こえてきた。

小麦粉と油の匂いがするので、おそらく食材を揚げているのだろうと推測した。

一連の手際《てぎわ》の良さから、食事の大半をコンビニで済ます僕と違ってしっかりと自炊《じすい》をしているんだなと感心を深める。

「お待たせしました」

そうこうしているうちに雪白さんがお盆を手にやってきた。

色とりどりのメニューがダイニングテーブルに並べられる。

「おお……」

思わず声が漏れた。

黄金色に輝く揚げたての唐揚げに、甘い匂いを漂わせるほかほかの肉じゃが。

ゴマの風味が香るほうれん草のおひたしに、濃い色の味噌汁《みそしる》。

間違いなく美味《うま》いとビジュアルだけで確信し、空っぽの胃袋がきゅっと引き締まった。

「すごい、美味しそう」

「そ、そうですか？　まだ食べてみないとわかりませんよ？」

「なんでそこは自信なげなの」

雪白さんがご飯の盛られたお茶碗《ちゃわん》を手渡してくる。

ふたりで「いただきます」をしてから、まずは箸《はし》を唐揚げに伸ばした。

（……うっま）

サクッと小気味良い音を立てて衣《ころも》が崩れたかと思うと、肉汁がじゅわりと口の中に広がった。味付けはシンプルに醤油《しょうゆ》と塩、あと、ほのかに生姜《しょうが》の風味がある。

ご飯と一緒に掻《か》き込むと、美味しさはさらに倍増する。

いつも食べているコンビニの唐揚げとはレベルが違う。

間違いなく、今までの人生の中で一番美味しい唐揚げだった。

次に、ほうれん草のおひたしに箸を伸ばす。

（………これもうっま）

しっかりと水切りされたほうれん草と、たっぷり添えられた鰹節《かつおぶし》とゴマとのコラボがこんなに合うとは知らなかった。

出汁《だし》につけて食べると、さっぱりとした酸味が広がったかと思えば、甘みが後から追いかけてきた。こってりした唐揚げに、このおひたしはマリアージュが過ぎる。

「ど、どうですか？」

雪白さんがドキドキした様子で尋《たず》ねてくる。

「…………美味い」

「本当ですか⁉」

目線を上げると、吐息がかかりそうな距離に雪白さんの顔があった。

「唐揚げ硬すぎませんか？　おひたしの味は薄かったりしません？　塩加減は大丈夫です？　食べられないものはなかったですか？　お茶いりません？」

「近い近い近い近い近い」

「あ……ごめんなさい」

なんか既視感があるなこのやりとり。

「えっと……本当に、美味しいよ」

「よかった……」

いくらなんでも心配性すぎじゃなかろうか。

その後も箸は止まることはなかった。

もはや説明も不要だろう。肉じゃがも、味噌汁も、美味しかった。

飢《う》えた野獣みたく、あっという間に平らげてしまった。

「ごちそうさま」

「お粗末様でした」

「食器洗ってくるから、流し台使っていい？」

「あ、そのまま置いてもらって大丈夫ですよ。あとで纏めて洗うので」

「いや、流石《さすが》にこのくらいはやらせてほしい」

「いいですから、お客さんは遠慮せずにもてなされてください」

人に流されがちな性分なこともあって結局、押し切られてしまう。

「何から何まで、ありがとう……というか、ごめん」

「いえいえ、お気になさらず」

それにしても色々と世話焼きすぎではなかろうか。

ダメ人間製造機、というワードが頭を過《よぎ》った。

「ごちそうさまでした」

しばらくして、雪白さんも食べ終わった。

目を閉じ、手を丁寧《ていねい》に合わせて食への感謝を述べる姿から育ちの良さが窺える。

「そうだ。忘れないうちに」

僕は財布から野口《のぐち》さんをふたり召喚《しょうかん》し、雪白さんに差し出す。

「なんですか、これ？」

「材料費とか、手間賃《てまちん》とか」

「それこそいいですよ。私がしたくてやってるだけなので」

雪白さんはふたつの掌をこちらに見せて、ＮＯのジェスチャーをした。

「いや、でも流石にこんなにご馳走《ちそう》になって何もしないわけには……」

「いいですから。私は私で天野くんに色々していただきますし」

「色々って？」

「……言わせるんですか？」

「あっ……ごめん」

夕食に夢中になってつい忘れていた。

今宵《こよい》、僕が雪白さんの家にお邪魔している理由を。

「とにかく、大丈夫です。むしろ、お気遣《きづか》いをさせてしまってごめんなさい」

雪白さんが丁寧なお辞儀をする。

僕はまた、彼女に顔を上げるよう懇願《こんがん》する羽目《はめ》になった。

いくらなんでも腰が低すぎではなかろうか。

同学年のはずなのにどこでこんなに差が出るものかと頭を捻ったけど、彼女との付き合いの浅い僕にわかるはずもなかった。

◇

「じゃあ、寝るか」

「はい、お願いします」

時刻は十一時。

いよいよ、添い寝の時間となった。

前回のやむを得ない状況ではなく、今回は自分の意思での添い寝ということもあってどことなくそわそわする。

「今日こそは、こっちの大きい方のベッドを堪能《たんのう》してください」

寝室で、花柄ピンクのパジャマを着た雪白さんがベッドを指差す。

「いや、いいよ。こっちの布団で」

僕はそのまま床に敷かれた布団に膝《ひざ》を突こうとした。

「ダーメーでーす」

ぐいぐいと服を引っ張られる。

「私のわがままで添い寝をしていただく以上、私の気が済みません」

「いや、ほんと気遣わなくていいから。というか、ただでさえ寝入りが悪いんだから、寝心地が良い方で寝たほうが良いでしょ」

「その点は、天野くんと一緒なので大丈夫です！」

「どんな自信だ……」

「というかこのベッド、結構良いマットレスなのですっごく気持ちいいのですよ？」

「それはこの前お世話になったから知ってる」

「あの時はへにょへにょモードだったので、寝心地を充分に堪能できていないはずです！　今のぴんぴんモードで味わって欲しいのです」

「なんだ、へにょへにょモードって」

これ以上の会話はあまりにも不毛かつ中身のないものだったので割愛《かつあい》する。

結論を言うと、雪白さんの主張に反論できるほどの理屈を用意することができず、押し切られる形で僕は雪白さんのベッドで寝ることになった。

おずおずと、ベッドに腰掛ける。

雪白さんの言う通り、マットはふかふかで程よい弾力があった。

無理に特徴的な機能を搭載して尖《とが》っているというよりかは、シンプルに寝心地の良いマットレスの王道を突き詰めました、みたいな。

「どうですか？」

「うん、まあ……ふかふかしてて良い感じだと思う」

「そうでしょう、そうでしょう」

にまにまと嬉《うれ》しそうな雪白さんには悪いけど、根が庶民の僕に大きな違いはよくわからない。一点特筆するとすれば、シャンプーとバニラの香りが混ざったような妙に甘ったるい香りがした事だろうか。ベッドの性能には全然関係ない。

前回は熱で頭がぼやけてたからあまり気にならなかったけど、通常状態だと否《いや》が応でも気になってしまう。いけないいけない、こんなことで理性を乱されては。

南無阿弥陀仏《なむあみだぶつ》南無阿弥陀仏。

心の中で唱えながら、僕はベッドに身を横たえた。

覚えのある感触の布団に包《くる》まる。

「明日は何時に起きます？」

「七時くらいかな？」

「わかりました。アラームかけておきますね」

「ありがとう。僕も一応セットしておくよ」

「ありがとうございます。今からだと、八時間も眠れますね」

とは言われたものの、僕の目はまだ冴《さ》えていた。

女の子の部屋で睡眠を取るという緊張感もあって一向に眠気が来ない。

単に寝るにはまだ早い時間、というのもあるけど。

「電気は、適当に消していいから」

「あれ、まだ寝ないのですか？」

「少しヨーチューブ見てから寝る」

雪白さんの返答を待たず、僕はうつ伏せになった。

それから、スマホとワイヤレスイヤホンを取り出す。

スマホとイヤホンをリンクさせて片っぽを耳にはめ込み、もう片方を……。

「何を見てるのです？」

「え、ちょっ」

いつの間にかベッドにやってきた雪白さんが、スマホを興味深そうに覗《のぞ》き込んできた。

静かな息遣い。意識の外に追い出せないほどの甘い匂い。

「寝るんじゃないの？」

「だって気になるじゃないですか」

気になったらベッドに寝転ぶ男の横に身を寄せてくるのだろうか。

流石に布団の中には入ってきていないとはいえ、陽のグループに属している女子の距離の詰め方に戦慄《せんりつ》する。

いくらなんでも無防備すぎでは？

こんなに近いのは流石に……いけないいけない、南無阿弥陀仏南無阿弥陀仏。

「あっ、これ、クイズチョップですよね？」

僕が必死に煩悩を追い出そうとしているのをよそに、画面に表示されたとあるヨーチューブチャンネルのホーム画面を見て雪白さんが言った。

『クイズチョップ』

高校生クイズを三連覇したクイズ王がリーダーの、東大生ヨーチューブグループだ。

同じ脳の構造をしているとは思えない天才的な頭脳によって次々とクイズに解答していく爽快感と、ユニークな出題形式が人気を博し登録者は三百万人超え。

僕も登録者のひとりだ。

毎晩寝る前の視聴をルーティーン化するくらいにはハマっている。

「知ってるの？」

「名前だけは！　最近、藤島《ふじしま》さんがハマったらしくて、おすすめだから見てほしいって言われたんですよ」

藤島さんの顔は頭に浮かばないけど、ヨーチューブの話題が教室内で上がるのは何度か耳にしたことがある。

「クイズチョップを見てたら自分も頭良くなった気分になって、勉強が捗《はかど》るって」

「なるほど。確かに、うちの高校だと流行《はや》りそうだね」

僕の通う高校は県内でもそこそこの進学率を誇る。

地元の国立大には毎年三十人くらい、東大や京大といった難関大学には年に一人か二人は出るかなといった、わかりやすい自称進学校だ。

二年生になったあたりから否応なく受験の空気に浸《ひた》される生徒たちからすると、受験戦争を勝ち抜いてきた東大生たちとは心理的な距離が近いのかもしれない。

もちろん、僕がハマった理由の一端はそこにある。

「片っぽ、貸してくれませんか？」

小さな掌が視界に入ってきた。

一瞬、なんのことかわからず返答がワンテンポ遅れてしまう。

「……えっと？」

「イヤホンです、シェアしましょ」

「ああなるほど、イヤホンね……なんでそうなる？」

「一緒に見たいからですけど、ダメ……ですか？」

「ダメじゃ……ないけど」

「けど？」

こんな近距離にずっといられたら、僕の理性が持つかわからないんですけど。

とは口に出来なかった。

僕の懸念《けねん》など一ミリも想定していなそうな、不純物のない澄《す》んだ瞳にじっと見つめられて息を呑《の》む。

女子が肩と肩が触れ合いそうな距離にいる時点で想定されていなかった状況。

一緒にヨーチューブを見るとなると尚更《なおさら》だ。

異性に対する耐性がなさすぎる、という僕側の問題もある。

だけど、雪白さんが学年一の人気を誇る女の子という要素も大いにあるだろう。

しかしそんな理由で拒否するのは、僕の理性を信じてくれている雪白さんを裏切ることになる。かと言って他に拒否する理由も見つからない。

（落ち着け……僕の強い理性を以《もっ》てすれば大丈夫だ、すぐに落ち着く。南無阿弥陀仏南無阿弥陀仏……）

「天野くん？」

僕が脳内で様々な葛藤《かっとう》を展開している傍《かたわ》らで、雪白さんがこてりんと首を横に倒す。不意打ちでやられたら感情が乱されるであろうその仕草は、念仏効果もあって耐えることができた。最後に深く息を吐いて、冷静になった思考で告げる。

「……二人で見るなら、イヤホンをする必要はない」

「はっ、確かに」

腹を括《くく》った僕は、リンクを切ってイヤホンを片付けた。

スピーカーの音量を上げてから、スマホを横に向ける。

画面の中でリーダーの半沢《はんざわ》が開幕の挨拶《あいさつ》を慣れた口調で話していた。

「ちなみに、なんで『チョップ』なのですか？」

「クイズチョップは回答の際に、早押しボタンをチョップで叩《たた》くというルールを徹底しているんだ」

「へえぇ、面白いルールですね」

「意図的らしいよ。雑談配信で話してたんだけど、リスナーからの『なんでわざわざチョップをしているのか』って質問に、『クイズコンテンツだけどあえてチョップという違和感を付与することによって、印象づけを強くしている』って答えてた」

「なーるほど！　確かに、納得の理由ですね！　流石は東大生……」

「ちなみに本の表紙とかで、普通は漢字で書く言葉をひらがなにして刊行するのも、『普通は漢字なのになんでひらがななんだろう』という無意識的な違和感を引きにしているとかなんとか」

「確かに！　たまにありますよね、そういう本。知らなかったあ……」

そこで僕は口を噤《つぐ》んだ。さっきから喋《しゃべ》りすぎていることに気づき、引かれてないだろうかと心配になって。

ちらりと視線を横に流す。

雪白さんはしきりに頷《うなず》き満足気な表情を浮かべていた。

初めて食べた美味しい料理を何度も咀嚼している時みたいだ。

引かれていないことはわかって、安堵《あんど》する。

第一問目のクイズが始まる。

『〝A【　】DFGHJKL〟【　】の中に入るアルファベット一文字は何でしょう？』

ピンポーン！

「S」

『S！』

クイズチョップのメンバーと、僕が回答を口にするのは同時だった。

『福村《ふくむら》さん、正解です‼』

「えええええっ⁉　天野くん、すごい‼　なんでSなんですか？」

「パソコンのキーボードの、上から四列目の並び。左から、ASDFGHJKL」

「あああっ、なるほど！」

ぱあぁっと、手品を目のあたりにした子供のようにはしゃぐ雪白さん。

絹糸みたいな髪が興奮と連動してわっさわっさと揺れる。

自分の肩と彼女の肩が触れて僕の背筋がピンと伸びた。

「これは、世の中の様々なアルファベットの並びのパターンを、知っているか知ってないか系の問題」

「ほえええぇ……なるほど……」

瞼《まぶた》を忙《せわ》しなく瞬かせながら、こくこくと頷く雪白さん。

「凄《すご》い特技、発見ですね」

「別に、凄くもなんともないよ。訓練さえすれば、誰でもできるようになる」

言いながらも、悪い気はしなかった。普段、何気なく解いているクイズにここまで大きなリアクションを取られると、なんか嬉《うれ》しい。

「出来ない私からすると凄いことですよー。私も、天野くんみたいに一瞬で答えられるようになりたいです」

「繰り返しあるのみだね」

「勉強と同じですね。ささ、次の問題にいきましょう！」

「眠くないの？」

「大丈夫ですっ。せめて一問は回答できるまで、寝るわけにはいきません！」

異様な輝きを放つふたつの瞳《ひとみ》を目の前にして、断る理由など思いつくはずがなかった。

二問目のクイズが始まる。

『「こいのぼり」は、江戸時代までは黒色でした。一九六五年からカラフルなこいのぼりが誕生したのですが、それは職人さんがカラーテレビで「あるもの」を見たのがきっかけでした。その「あるもの」って何？』

ここで僕は一時停止ボタンを押した。

「えっ、どうしたのですか？」

「いや、再生したままだとメンバーがすぐに答えを言っちゃうから、考える時間を作ろうかなと」

　言うと、雪白さんは感激したように手を合わせ瞳をうるうるさせる。

「天野くん……優しいですね……」

「大袈裟《おおげさ》な。それで、どう？　解けそう？」

「んー……さっぱりです……というか、こいのぼりって元は黒かったのですね」

「ヒントは一九六五年」

「もう解けているのですか⁉」

「知識と問題文の推理力が必要になる、ちょっと捻ったクイズだけど、中学生レベルの歴史がわかれば解ける」

「中学生の歴史……一九六五年……」

「ヒントその二。カラフルになったのが一九六五年ということは、職人さんはその前の年か、その前々年にきっかけをカラーテレビで見た、という可能性」

「前の年……一九六四年……あ‼」

　そこでわかったか、と僕は感心する。

「東京オリンピックの五輪マーク！」

彼女が声高らかに宣言すると同時に再生ボタンを押すと、早押しボタンをチョップしたメンバーのけーちゃんが『東京オリンピックの五輪のマーク！』と威勢よく答えて正解のSEが鳴り響いた。

「やった！　正解、です！」

「おめでとう。東京オリンピックまで出るとは思っていたけど、五輪マークまで答えられるとは思っていなかった」

「ふっふっふ、日本史は結構、得意なので」

得意げな笑み。端整な顔立ちから喜びの感情がこれでもかと溢《あふ》れ出ている。

ヒントがあったとはいえ、自分が答えた達成感は相当なものだろう。

「ささ、次の問題行きましょう、次！」

「一問で寝るのでは？」

「さっきのはヒントを二つも頂いたので！　ノーヒントで答えられたら寝ます！」

鼻息荒くクイズへの意欲を表明する雪白さん。

正直なところ、東大生たちが扱っているクイズを訓練していない一般人がノーヒントで挑むのはかなり無謀《むぼう》だ。

まともにやれば朝まで寝られない可能性も充分にありうる。

（……まあ、いいか）

せっかく楽しんでくれているんだし、水を差すのも無粋《ぶすい》というものだろう。

これは今日も夜更かしになるかもしれない。

三問目が始まる。

『イエス・キリストが水をワインに変えた場面が描かれている、ルーブル美術館に所蔵されている絵画の中では最も大きなものとして知られる、パオロ・ベロネーゼの作品は何でしょう？』

一時停止ボタンを押したものの、これは厳しいぞと天井を仰《あお》いだ。

知っていないと解けない知識問題の上、絵画という学校でもほとんど習わない分野だ。

僕もこの問題は初見のため、さっぱり答えが浮かばなかった。

（これは捨て問かな……）

僕が思うのと、横で声が上がるのは同時だった。

「カナの婚礼！」

「えっ」

「ルーブル美術館最大の絵画といえばカナの婚礼に違いありません！　ささ、答えを早く」

「う、うん……」

とりあえず、再生ボタンを押した。

『カナの婚礼！』

『高村《たかむら》さん、正解！』

『よっしゃー！』

画面の中でメンバーが万歳ポーズをする。

「やった、やりました！」

雪白さんは胸の前で小さくガッツポーズをしていた。

「凄い、よくわかったね」

「イエス・キリスト最初の奇跡として知られている絵画ですね。結婚披露宴《ひろうえん》でぶどう酒がなくなった時、イエスが水をぶどう酒に変えた場面を描いた作品で、その典拠は
……」

突如としてすらすらと出てきた解説に呆気《あっけ》に取られてしまう。

「えっと……」

「はっ……」

解説が止まる。

みるみるうちに赤くなった両頬を押さえて雪白さんは俯《うつむ》いた。

「ごめんなさい……ついテンションが上がってしまって……」

「いや、そんな全然謝ることじゃないよ……純粋に凄いなって」

「いえいえそんなそんな、大したことない、です」

「僕は全然わからなかったし、正解だけじゃなくて、背景まで話せるのは相当知識がないと難しいと思う」

教養がある、とはこういうことを言うんだなと思った。

「西洋美術、好きなの？」

尋ねると、雪白さんが息を呑んだ。

考えて、どう答えようか迷って、何度も言い回しを変えているような間があった。

そんな変な質問をしただろうか、と不安に思っていると小さな口が開く。

「絵は少しだけ、勉強していた時期があった……といいますか」

「絵、描《か》いていたとか？」

ごにょごにょと小さな音声に、僕は興味本位で尋ねた。

本当に、興味本位だった。

「それは……どうでしょう」

声のトーンが二段階ほど下がった、ような気がした。

「そんな時期があったかもしれない……ですね」

妙に歯切れが悪い。

恥ずかしがっているというよりも、この話題を広げることに消極的な気配を感じた。

なんとなく、深掘ってはいけない気がした。

場の空気を読むことに関してはミジンコ並みの能力しか持っていない自負はあるものの、負のオーラに関しては別だ。

これ以上、自分は話してはいけない。

そのタイミングは人よりも敏感に察知できる、と思う。

「なるほど……」

それだけ返した。

訪れる沈黙。メンバーがクイズの解説をする声、ふたつの息遣い、時計が秒針を刻む音が大きく聞こえる。

「……正解もしたことだし、寝るか」

「……はい、そうですね」

就寝の流れになったのは自然とも言えた。

微妙な空気になった時のケアは、僕はもちろん、雪白さんも得意ではなさそうだった。

雪白さんが布団から退散した後、消灯。小さな寝室に暗闇が落ちる。

僕もアプリを終了させスマホを充電器に繋《つな》ぎ、改めて布団に入り直した。

「天野くん」

「ん？」

「クイズ、楽しかったです」

遠足から帰ってきた子供のような、弾みのある声。

社交辞令ではない、本音のようだった。

「またやりましょうね」

横の闇から聞こえてくる声に、「うん」とだけ返した。

今度は目を閉じるなり眠気が到来する。

ぼやけていく意識の中で僕は、先ほど目にした雪白さんの変化について考えていた。

いつも浮かべている笑みの裏に、得体の知れない何かが潜《ひそ》んでいるような気がしてならなかった。

当然、わかるはずもないし、わかろうとする気もなかった。
あくまでも僕と雪白さんは、利害関係が一致しただけの関係。
僕が彼女のことについて必要以上に知る必要はない、と結論を下す。
そうこう考えているうちに、意識は少しずつ夢闇の中に溶けていく……。

◇

どこかにいた。
どこかわからないのは暗闇の中だからだ。
でも、何かが見える気がした。
思ったよりも、ここは真っ暗闇ではないのかもしれない。
月夜に照らされているくらいの、ぼんやりとした空間に背中が浮かんでいた。
見覚えのある背中だ。
誰かの仏壇の前に座り込んで、その背中は寂《さび》しそうに丸くなっていた。
線香の匂いに混じって、じんわりと鼻をつく匂いがする。
アルコールの匂い。

その背中から漂っているみたいだ。
――ねえ。
僕は、その背中に声をかけた。
――遊園地、行きたい。
背中がぴくりと反応する。
ゆっくりと、背中の主がこちらを向く。
彫《ほ》りの深い、疲れ切った男の表情。
二つの目が、僕を捉《とら》えた。
鋭くて憎悪《ぞうお》に満ちた両眼《りょうめ》と目があって、心臓が凍《い》てつく。
何か言わないと。
そう思って口を開こうとする僕に、皺《しわ》だらけの口が動く。
――お前のせいだ。
また、心臓が凍《こお》りついた。

◇

覚醒《かくせい》して初めに捉えたのは、背中と首元に纏う湿った不快感だった。

何か、嫌な夢でも見ていたのだろうか。

次いで、空気に匂いがあることを確認する。甘くて安心する匂いだ。

雀《すずめ》の唄声《うたごえ》に混じって、さっ、さーと、何かを擦《こす》る音が鼓膜を震わせている。

日常的に耳にしているような、親しみのある音。

（なんだろう……）

瞼を上げると、視界に雪白さんの顔が映った。

彼女はベッドに横たわる僕を、二リットルのペットボトル一本分くらいの距離でじっと見つめていた。

真剣な表情だ。

僕の目鼻のパーツひとつひとつを分析しているのでは、と思うほどの。

ちょうど死角になって見えなかったが、手元が何やら忙しい。

「あっ」

僕の瞼がうっすら開いたことに気づいたのか、雪白さんが声を漏らす。

「おはよう、雪白さん……」

「お、おはようございます……」

そう言うなり、彼女は胸の前に持っていた何かをさっと後ろに隠した。

「何してたの？」

「えっ？　ああ、いや、特に何も？」

あは、あははと乾いた笑みを漏らす彼女を見て、そっかー、何もなかったのかーと納得するほど楽観的ではない。かといって、追及する気は起きなかった。

隠した、ということは僕に知られたくないという意思表明なので、無理に問いただすことは相手を不快にさせてしまうかもしれない。

僕にとって不都合な行動をしていたとも考えられないので、ここはスルーして何も見なかったことにしよう。

「……そっか」

頭が働いていなくてぼーっとしている演技も意識的に混ぜて呟くと、雪白さんはわかりやすく安堵の息を漏らしていた。

多分雪白さんはババ抜きとか弱いんだろうなと、関係のない納得を得る。

スマホで時刻を確認すると、時刻は七時十分前。

「ごめんなさい、起こしてしまったみたいで」

「いや、早く起きるのは良いことだから」

「それなら良かったです。朝ご飯、すぐ用意しますので待っててくださいね」

「あーうん……うん？」

あまりにも自然に言われたため流れで肯定《こうてい》してしまったけど、二秒考えて首を傾《かし》げた。

「朝ご飯？」

「はい、朝ご飯です」

「誰の？」

「天野くんのですよ？」

何を言ってるんですか？

と言わんばかりの表情をされるものだから、驚く。

「それはこっちのリアクションだよ」

「普通食べません？　朝ご飯」

「いや、食べるけど……僕も一緒に食べる流れだったのが、びっくりしたというか
……普通に着替えて、そのまま先に出るつもりだった」

「ええっ。じゃあ朝ご飯、どうするつもりだったんですか？」

「コンビニで適当に」

「まさか大盛りチキン南蛮弁当ですか？」

「朝からそれはパンチが凄すぎる」

「ですよね。何はともあれ、せっかくなので一緒に食べましょう！」

「いや、それは悪いというか。昨晩もご馳走してもらってるし、これ以上は迷惑というか」

「気にしないでください。料理は好きですし、私の分のついでに作るので、労力もそんなにかからないです」

本当に大丈夫だから、と拒否するのは違うんだろうなと察する。

人の言葉には表面的な意味とは別に深層的な意図が隠されていることが多い。

つまるところ、雪白さんは手料理を振る舞いたいのだと、爛々《らんらん》と輝く澄んだ瞳を見て僕は判断した。

「じゃあ、お言葉に甘えて」

「はいっ」

満開の桜のような笑顔を見て、僕の選択は間違っていなかったのだと安心した。

◇

「いただきます！」

「いただきます」

雪白さんの言う通り、朝食はすぐに用意された。

曰《いわ》く、日常的にある程度冷蔵庫にストックしているとのこと。

メニューは玄米ご飯、卵焼き、豆腐の薬味がけ、ほうれん草のごま和《あ》え、味噌汁。

想像以上にしっかりとした、和の朝食だった。

「どうですか？」

「まだ食べてないんだけど」

反応を期待する空気に押されて、箸を伸ばす。

「……ん、美味い」

卵焼きはふわふわで、ほのかな甘みと卵の風味が癖《くせ》になる味わい。豆腐の薬味がけは、ネギや生姜などの薬味と酸味のあるタレが合わさってご飯が進む一品だ。

噛《か》めば噛むほど味が染み出すほうれん草のごま和えに具沢山《ぐだくさん》の味噌汁。一品一品丁寧に作られていることがわかる仕上がりだった。

「ほ、本当ですか？　味薄くないですか？　口に合わなかったりは……」

「いや本当に美味しいから」

先日から繰り返されているくだりに、僕は言葉を被《かぶ》せる。

「そんなに心配しなくてもいいよ。何か変だったら僕から言うし」

「そ、そうですよね……ありがとうございます」

自分を納得させるように何度も頷く彼女はやっぱり、心配性なのだろう。

「何はともあれ、今回も口に合ったようで良かったです」

「口に合うも何も、好みという概念を超えて美味しい朝ご飯だと思う」

僕が言うと、雪白さんは控《ひか》えめにガッツポーズをした。

母に褒《ほ》められた幼子のような無邪気な喜びようだ。

「食後のコーヒーもあるので、楽しみにしていてくださいね」

「それは嬉しい」

先日淹れてくれたコーヒーは逸品だった。

普段飲んでいる安いインスタントのコーヒーが泥水《どろみず》に思えるくらいだ。

「何から何までありがとう、本当に」

「いえいえです」

僕の感謝が最大のお返しと言わんばかりに、雪白さんは嬉しそうに身体を揺らした。

「そういえば天野くん、昨晩、変な夢でも見ました？」

玄米ご飯が半分くらいに差し掛かったところで、雪白さんが言った。

「変な夢、って？」

「特に深い意味はないのですけど、何か魘《うな》されているみたいだったので」

どきりと、心臓が脈打った。

「僕が？」

「はい。なんだか苦しそうに、うんうん唸ってました」

「ああ、だから……」

寝起きに纏わり付いていた寝汗の原因はそれだったか。

「もしかして……それで起こしてしまった？」

「あっ、えっ？　いや……ははは、そんなことは、ナイデスヨ？」

「本当にごめんなさい」

「いやいやいや、頭を上げてくださいっ。全然気にしてないですから……。むしろ心配です。怖い夢でも見ていたのかなと」

「怖い夢……」

頭を上げて考えてみると、なんとなく見ていたような気がした。

夢は、過去の記憶の断片の組み合わせでしかないらしい。

はっきりとした情景は思い出せないけど、僕が悪夢と認識するような記憶と言えば……心当たりは、ある。でもそれは、わざわざここで話すようなものでもない。

「心配してくれて、ありがとう。悪夢、ってほどじゃないけど……たまに、八つ頭の鮫《さめ》に追いかけ回される夢を見るんだ。食べられても食べられても、全ての頭の鮫に食べられないと終わらないから、なかなか困ったものだよ」

「そ、それは悪夢を通り越して地獄ですね……」

「まあでも夢は夢だから。痛みも感じないし、目が覚めればこっちのものだ」

戦々恐々とする雪白さんに、僕はなんでもない風に言う。

「確かに、夢は所詮《しょせん》夢ですしね。そういえば私も、この前見た夢で……」

それからは和やかな空気で、朝食の時間が進んでいった。

こんな朝も悪くないなと、卵焼きを頬張りながら僕は思った。

◇

朝食を食べ終えた後、美味しいコーヒーを一杯頂いてから学校の準備に取り掛かった。

僕と雪白さんはそれぞれ時間をずらして登校することになった。

確率的には低いだろうけど、同じ家から同じタイミングで出てくる場面を学校の生徒に目撃されるリスクを軽減させるためだ。

雪白さんはお昼に食べるお弁当を作るため、先に僕が出ることになった。

ちなみに、僕の分のお弁当も作りましょうかと提案を受けたけど丁重《ていちょう》にお断りを入れた。

流石に、これ以上の善意を受け取れるほど僕のキャパシティは広くない。

同じメニューの弁当だとバレたら非常に面倒なことになる、という建前を力説して了承してもらった。雪白さんは至極残念がっていた。

彼女は一体どれだけお人好《ひとよ》しなんだろう。将来悪い大人に騙《だま》されないかと心配になる。

出る際に何か忘れているような気がしたけど、心配性な性分がそう思わせているだけで多分大丈夫だろう。
高を括って学校にたどり着き、下駄箱に自分の靴《くつ》を収納しているとＲＩＮＥが届いた。
ひかる『天野くん、一大事です！』
天野結人『どうした？』
ひかる『チキン南蛮弁当とエクレアさんが置き去りです』
「あ……」
どうやら気のせいではなかったようだ。
少し考えてから、ぽちぽちと返信メッセージを打つ。
天野結人『いいよ、今日の夜とかに食べてもらって』
ひかる『でも、持ってきちゃいました……』
天野結人『お昼ご飯に、とか……』
ひかる『さすがの私もお弁当ふたつは食べられません』
天野結人『そりゃそうだ』
捨てるわけにもいかないしなあと頭を捻っている間にメッセージが届く。

ひかる『昼休みが始まったら少し抜け出すので、屋上でお渡しする形で大丈夫ですか？』

天野結人『ごめん、そうしてくれると助かる』

「あれ……？」

親指が止まる。ふと感じた違和感をそのままタップする。

天野結人『普段、屋上で飯食べてること、言ってたっけ？』

間があった。結構、長い間を経て一言。

ひかる『クラスメイトの方からお聞きしました』

なるほど、そういうことか。

僕をウォッチするようなもの好きもいるものだと、一抹の驚きを覚える。

天野結人『わかった、じゃあ昼休みに』

ひかる『はい！』

やりとりを終えると同時に教室にたどり着いた。

「おはよう、天野くん」

入り口を潜ると同時にクラスメイトが声をかけてくる。

黒縁《くろぶち》メガネにサイドのおさげ髪。

彼女はクラス委員長の……えっと、まあ、また名前がわかる機会もやってくるだろう。

「おはよう」

それだけ告げて、逃げるように自分の席に着く。

始業までまだ少し時間がある。

スマホとイヤホンを取り出し、僕はいつものようにヨーチューブを立ち上げた。

◇

昼休みのチャイムが鳴った途端、教室に張り詰めていた緊張感が霧散する。

気怠《けだる》げな起立と礼の儀が終わると、僕はそのまま教室を後にした。

廊下の隅《すみ》っこをコソコソ歩き、無駄に広い校内を横断する。

その途中で缶コーヒーを購入した。

屋上へと繋がる階段を登った後、年季の入ったドアノブを右に回した。

ぎぃ、と錆《さ》びついた音。快晴の陽光が網膜を刺激する。

僕の通う高校は自由な校風の一環なのか、今時珍しく屋上を開放している。

とはいっても今日も今日とて一番乗りは僕で、ここから増えるのは雪白さんくらいだろう。

校内に大きな食堂やカフェテリアといった飲食スペースが充実しているため、わざわざ風に当たる屋上に足を運ぶまでもない。

そろそろ肌寒くなる季節ゆえ、という理由もあるだろうけど僕にとってはありがたかった。

なにせ、誰にも邪魔されずのんびりと昼食を堪能できるのだから。

「こんにちは、天野くん」

給水塔の裏側。

校庭を見下ろせる特等席でぼんやりしていると、聞き覚えのある声が降ってきた。

顔を上げる。長い黒髪が風に靡《なび》いた。

「わざわざありがとう。友達とは、大丈夫だった？」

「問題ありません！　それよりごめんなさい。持っていき忘れているの、気づいてあげられなくて……」

「いやいや、謝るのはこっちだよ。僕が買ったものだから、忘れた僕が戦犯だ」

なんだか、雪白さんとは顔を合わせる度《たび》に謝りあっている気がする。

そんなことを思いつつ、彼女から大盛りチキン南蛮弁当と生クリームエクレアを受け取る。

「ごめんなさい、流石に学校内にはレンジがなくて、チキン南蛮弁当さんは冷たくなってます」

「いいよ、気にしなくて。いつも温めてないし」

「えっ、そのまま食べてるんですか？」

「温めるのがめんどくさいというか……」

「えー、温かい方が美味しいですのに」

「温めている時間分、節約できる方が良いかなって」

「なるほど……そういう考えもあるのですね。あ、これもどうぞ」

一緒に水筒も手渡された。

「これは？」

「コーヒーです。なんだか今朝、お疲れのようでしたので。コーヒーはただの眠気覚ましに見られがちですが、疲労回復効果もあるのですよ？」

「なるほど」

「ちなみにこの水筒は保温なので、まだ温かいと思います！」

もう驚くまい。

雪白さんの、いつものお節介《せっかい》だろう。

正直なところ、嬉しくはあった。

彼女の淹れてくれるコーヒーがあれば、灰色で無機質な屋上も一瞬にしてフランスのシャンゼリゼ通りのカフェに一変する。だけど。

僕は財布から野口さんをひとり召喚し、雪白さんに差し出した。

「なんですか、これ？」

「手間賃と材料費もろもろ」

「昨日も言ったじゃないですか、別にいいですって」

「だとしても、そろそろ一方的にされてるばっかりじゃ僕としては心苦しい」

「一方的でもないですよ？　その……添い寝をしてもらっていますし……」

「それはそうだけど、明らかに釣《つ》り合ってないと思うんだ」

もう流石に譲れないラインだった。

昨日から夕食、朝食と続き、コーヒーもご馳走してくれている。

にも拘わらずなんの対価も払わないのは身の置き場がない気持ちになってしまう。

これから何度彼女の家にお邪魔するかはわからないけど、その度にご馳走になったり色々されてしまうと、僕の罪悪感メーターが振り切れてしまうことは必至だろう。

みたいなことを、しどろもどろになりながら説明した。

「なるほど……言われてみると確かにですね」

善意を受け取りすぎる故のモヤモヤ。

特に、人から何かしてもらうことに強い抵抗のある僕にとって、それは強い罪悪感を誘発するものだった。

「ごめんなさい、良かれと思ってやったのですが……むしろ嫌な思いをさせてしまって……」

「ち、違う違う！　嫌な思いとかこれっぽっちもないし、謝ることでもないから。基本、とてもありがたいと思っているし、感謝している。ただ、何か僕も対価を支払いたいってだけで……一方的に貰うだけじゃなく、ウィンウィンでいたいというか」

「なるほど！　ギブアンドテイク、ということですね」

「そうそう。そういうこと」

「んー……でも、お金を受け取るのはちょっと違うかなと思いますし、うーん……」

「別にお金じゃなくても、何かしてほしいこととか、手伝えることがあったら……僕が出来ることは限られているけども」

「んんー……じゃあ……」

腕を組み、唸った後、ぽつりと言葉が紡《つむ》がれた。

「名前」

「え？」

「私のこと、名前で呼んでほしいです」

「そんなのでいいの？」

「それがいいんです。せっかくお友達になったのに、ずっと苗字呼びなのはなんだか距離を感じてて」

言われて、気づいた。

雪白さんと無意識に距離を取っていた自分に。

他人をどう呼称するか。それは、非常に重要な問題だ。

呼称によって対外的にどういう関係に見られるかもおおよそ確定してしまうし、自分自身が相手とどのくらい距離を詰めたいのかという指標にもなる。

手っ取り早く距離を詰めたい相手には名前呼びから、なんならあだ名呼びをしたほうが効果的だろう。

対する僕は、自身の線引きとして他者と必要以上に関《かか》わらないという方針もあって、自動的に他人行儀な呼称になっていた。雪白さんが名前呼びを提案しなければ多分、この先もずっと苗字で呼び続けていたに違いない。

「……なんか、ごめん」

「いえいえいえ！　私こそ、天野くんをずっと苗字で呼んでいたので……この際、お互いに名前で呼び合いましょう」

他者と必要以上に関わりを持ちたくない。

でも、ここまで色々してくれた雪白さんの所望を拒否するわけにはいかないし、対価を支払いたいと申し出たのは僕だ。断る理由はない。

「わかった」

了承した途端、両肩から強張《こわば》りを感じた。

たかが名前で呼ぶだけなのに、妙な緊張感が駆け巡る。

落ち着け、単にクラスメイトを名前呼びするだけじゃないか。

そこに何の他意もない。

自分に強く言い聞かせてから大量の空気を肺に掻き込み、その名を空気に乗せる。

「………ひ、かるさん」

「さん、は付けなくて良いですよ？」

まだ試練は終わっていなかった。

RPGで中ボスを倒したと思ったら、隠れボスが出てきた時の心境。

「ささ、どうぞどうぞ」

笑顔で促される。

落ち着け、今度は『さん』を抜くだけじゃないか。

「……………光」

「はい、よくできました」

難問を解いた子供を褒めるみたいに言われて、お腹《なか》のあたりが擽《くすぐ》ったくなった。

とにかく、これで試練はクリア……。

「ゆいと」

ずきんと、心臓の奥で擦《かす》れるような痛みが走った。

胃の底から冷たいものがせり上がってくる感覚。

「せっかくなので、私も言ってみました」

えへへと、無邪気な笑顔で紡がれた、僕のアイデンティティに最も近い三文字。

その三文字は、普段波打つことの少ない僕の情緒《じょうちょ》を少しだけ波立たせた。

理由はわかっている、が、深掘りしたくないし思い出したくもない。

雪白さんは、僕の心境など露知《つゆし》らずニコニコしている。

呼吸が浅い。心臓もいつもより深く脈打っている。

今までで一番強く、落ち着け、と自分に言い聞かせる。

――もう寝なさい、結人。

思い出したくなかった声が、脳裏に響く。決して印象に残るような台詞《せりふ》じゃないはずなのに、それは僕の脳にしっかりと刻み込まれていた。

まるで、呪いのように。

「どうしました？」

一向にリアクションがない僕を怪訝《けげん》に思ったのか。

雪白さん……改め光が、小首を傾げる。

「いや……なんでもない」

「……？　そうですか？」

「うん。名前で呼ばれること、少なかったから、ちょっと驚いただけ」

「なるほどー」

光が嬉しそうに、両頬を手で押さえた。

「ということは、私は結人くんを名前で呼ぶ数少ないお友達ということですね」

「数少ないどころか、唯一の、だね」

「え、えええー⁉　他にお友達は……」

「察してほしい」

「……なんか、ごめんなさい」

「いいよ、気にしてない」

話していると、心に段々と平穏が訪れてきた。

感情が表情に出にくいタイプで良かったと、心底思う。

「何はともあれ、また少し、仲良くなれましたね」

「そうなの？」

「ここはそうだよ、って言うところですよ？　結人くん」

「そうなのか……」

「そうなのです。引き続きよろしくお願いしますね、結人くん」

「こちらこそ……よろしく、光」

光は満足気に頷いてから、「それじゃ、そろそろ戻りますね」と身を翻した。

ひとりになってから、昼食タイムに入る。

化学調味料でたっぷりとコーティングされたチキン南蛮は馴染《なじ》み深い味で美味しか

ったけど、温かい香り高いコーヒーはやっぱり美味しかった。
デザートに至高の生クリームエクレアを頬張り至福の気分に拍車がかかる。
食べ終えてから、思った。
名前で呼ばれるのも悪くない、と。

第三章

「ねえねえひーちゃん、知ってる⁉　駅前に新しいパフェ屋さんが出来たの」

「知ってるぞ！　確か東京の人気店がうちの県にも進出、って感じのやつだよな？」

「どっから湧《わ》いた隆太！　アンタには聞いてないし！」

「ひでぇ！　お前、最近俺への当たり強くねえか？」

放課後。光の取り巻きが仲良くやりあっている光景を尻目《しりめ》に学校を後にする。

今日はバイトの日なので、そのまま書店に足を向けた。

その道中、光の友人が話していたと思《おぼ》しきパフェ屋の前を通った。

コンビニに行けば毎回何かしらデザート商品を手に取るくらいに甘党な身としては、興味が湧くのは自然な流れであった。

店は外装からピンクの塗装《とそう》を基調としていて、ファンシーな装飾《そうしょく》がこれでもかとコーティングされていた。まるでパフェみたいだ。

店前はすでに行列ができていた。

制服に身を包んだ女子高生、量産型のぴえん系ファッションを身に纏《まと》った女子二人組、大学生カップルなど、これほどまでに客層が偏《かたよ》っているのはなかなか面白い。

なんだか近くにいるだけで圧倒的な陽のオーラに存在ごと消しとばされそうな気がしたので、そそくさとその場を退散する。

気にはなる。が、流石《さすが》に一人では入り辛《づら》い。

一緒に行くような友人もいないので、僕は一生この手の店に縁がないんだろうなと、自虐《じぎゃく》思考を回している間にバイト先に到着した。

店長に今日の業務内容の指示を受けた後、制服に着替えてバイト入りをする。

まずは、入荷した新刊を店頭に並べる仕事に取り掛かる。

僕はこの仕事が好きだ。新刊の匂《にお》いが好きだから。

刷りたてほやほやの紙の匂いは、インドアな趣味で育った僕にとって格別で心を落ち着かせる作用をもたらす。書店員をやっていて良かったと思う瞬間そのものであった。

どのくらい作業に没頭《ぼっとう》していただろうか。

「やっほー、天野くん」

新刊を並べて溢《あふ》れた準新作本を通常の棚に並べるという作業に勤《いそ》しんでいると、今しがたシフトインした雨宮先輩が話しかけてきた。

紙の匂いに混じって、柑橘《かんきつ》系の大人っぽい香水の匂いが漂ってくる。

「お疲れ様です、雨宮先輩」

「ほい、お疲れぃ。あれ、今日はなんだかご機嫌だね？」

「え……そう見えますか？」

客観的にそんな評価をされるとは思っていなくて、戸惑ってしまう。

「見えるよー、これでも私、患者さんの表情を読むのは得意なんだ！」

「僕は病気じゃないんですけど」

「って、真面目《まじめ》かーい！」

「すみません、堅い返ししかできなくて」

「うん、知ってる。見たところ、今の天野くんは、六十点の良い表情をしているよ」

「普段の僕の表情、どんだけ低いんですか」

「教えよっか？　聞いたら絶望すると思うけど」

「ああ……なら大丈夫です」

「それはともかくとして、なんかいいことでもあった？」

「良いこと……」

良いことかはわからないけど、変なことは……この数日で起こったかもしれない。

「もしかしてぇ……可愛《かわい》い彼女が出来たとか？」

危うく本を落とすかと思った。

「何言ってるんですか？　陰キャぼっちで根暗な僕にそんな恐れ多い存在が出来るわけないじゃないですか」

「あらら、三十点。自己肯定感が低い子だとは思っていたけど、これほどとは思っていなかったよ」

「僕は事実を言ったまでです」

「事実だと思ってても言わない方が良いよー、そういうことは……まあいいや。彼女じゃないとすると……あと考えられるのは……」

「あ、続けるんですね」

「可愛い添い寝フレンドができたとか？」

本を落としてしまった。

「え……本当に？」

「いやいやいやいやいやいやいや、そんなわけないジャナイデスカ」

言葉がカタコトになっている自覚がありつつも、僕は本を拾い努めて平静を装《よそお》った。背中に吹き出した冷や汗と、急激に速くなった鼓動を抑えるのに全集中する。

「流石《さすが》に無理があると思うよ？」

「いや本当に、ないですから。ないですからね？」

「ふーん……ま、そういうことにしてあげてもいいけど」

ゴシップネタを掴《つか》んだような表情から察するに、信じてはもらえないようだ。まあ、今回に関しては完全に僕の挙動が悪かった。それに尽きる。

「というか、どこから出てきたんですか添い寝フレンド」

訊《き》くと、雨宮先輩はきょとんと目を丸めた。

「どこからも何も、この前、添い寝フレンドが流行《はや》ってるって話、したじゃない」

「え？　あっ……」

言われて、思い出した。

確か、二ヶ月……いや、三ヶ月くらい前だろうか。

雨宮先輩の大学の先輩が、同期の女の子と添い寝フレンドになったという話題が発《ほっ》端《たん》だった。そこから、ただ添い寝をするだけのプラトニックな関係を望む若者が増えている、みたいな話をしたんだ。

「そうか……」

これのことだったのか。光に添い寝フレンドの提案を受けた際、どこかで聞いたことがあると強い既視感を覚えた理由は。

「……思い出しました」

「もー、十点」

色の良い頰《ほお》がぷっくりと膨《ふく》らむ。

「天野くん、自分の興味のない話題に関して記憶喪失《そうしつ》になる癖《くせ》、直した方が良いよー」

「それは……気をつけます」

「ん、三十点。素直でよろしい。というわけで、飴《あめ》ちゃんいる？」

ゴソゴソとポケットを弄《いじ》って、雨宮先輩が何かを差し出してきた。

白い掌《てのひら》で踊《おど》る紫色のラッピングには『グレープ味』と書かれている。

「なぜこのタイミングで？」

「天野くんが申し訳なさそうな気持ちになっている時に渡せば、受け取ってもらえるかなって！」

「人間の醜《みにく》い部分を見たような気がします」

「まあまあ、そう仰《おっしゃ》らずにどうぞ」

「いや…………大丈夫です」

いつもより長い時間考えたけど、結果的にそう返した。

「そっかー、四十点」

いつもの残念そうじゃない素振りで、雨宮先輩は飴をポケットにしまった。

前回よりも点数が上がっているのは気のせいだろうか。

「あ、じゃあ私、レジ対応行ってくるね」

お客さんがレジへと向かう姿を見た雨宮先輩が、そう言い残して立ち去る。

くだらないやりとりをしているように見えて、しっかりと周りにアンテナを張っているところは、先輩として尊敬できる部分だと思った。

残りのバイト時間、意図せずぶっ込まれた添い寝フレンドの話題のせいか、脳裏に光の存在がちらついていた。

◇

自宅のドアを潜《くぐ》る。

巷《ちまた》ではこのタイミングで『ただいま』と声を発する習慣があるらしいけど、僕にとっては理解に苦しむルーティンだ。一人暮らしだというのに、応答のない『ただいま』になんの意味があるのだろう、と考えてしまう。

以上の信条により、今日も今日とて無言の帰宅を遂《と》げる。

簡単に手洗いうがいを済ませてから1Kの部屋に繋《つな》がる廊下を歩くと、埃《ほこり》っぽい匂いが鼻をついた。そろそろ掃除機をかけなきゃと、おざなりになりがちな家事のことを考えながら部屋の電気をつける。

学習机に本棚、マットレスタイプのベッド、申し訳程度なサイズのテレビ、スッカスカのハンガーラック。

必要最低限の物しか置いていない面白みのない部屋だけど、突発的に友人を招いても大丈夫なくらいには片付けてある点はひそかな自慢だ。

僕が誰《だれ》かを招くなんて地球が逆回転するほどあり得ないイベントだろうけど。

部屋が一定以上の清潔度を保っているのは、単に散らかっている状態だと気になってしまう僕の性質によるものだ。

リュックサックを床に放《ほう》り投げ、缶コーヒーと大盛りナポリタン、そしてパフェ屋に触発されて買ったプリンアラモードが入ったコンビニ袋を勉強机に置いた。

『人間性は机の上に現れる』とは、どの本の一節だっただろうか。

仮にそれが正しいとすると、僕はやはり几帳面《きちようめん》な性格なのだろう。良く言うと片付いている、悪く言うと味気ない机上に冷たいナポリタンと缶コーヒーを出す。

そのままラップを引き裂いて、ナポリタンをコーヒーで流し込む作業に入ろうと……。

——温かい方が美味《おい》しいですのに。

不意に、脳裏に光の言葉がリピートした。

何を思ったのか、僕は立ち上がって台所に赴《おもむ》いた。

もはや骨董品《こっとうひん》と化していた電子レンジにナポリタンを放り込み温めをスタートする。

ドライヤーのような音を立てるレンジの中でゆっくりと回るナポリタンを眺めるも十秒くらいで飽きて、ヨーチューブのおすすめ動画を徘徊《はいかい》しているうちに温めが完了した。

「あちっ……」

予想以上に熱してしまったナポリタンを落とさないよう机に持って帰る。

熱で若干《じやっかん》変形してしまった容器から慎重にラップを剝《は》がし蓋《ふた》を開けると、普段よりもたくさんの匂いが鼻腔《びこう》をくすぐった。

温めで水蒸気が多くなった分、匂いの粒子《りゅうし》が倍増しているのだろう。普段はうっすらとケチャップの匂いが漂ってくるくらいなのに、今日はピーマン、ベーコンの香りも捉《とら》えることができた。

そのおかげだろうか、胃袋の反応も食欲も倍増した。

コンビニで獲得したフォークを駆使《くし》して、ナポリタンを口に運ぶ。

「うん……」

悪くない。

いや、美味しい。美味しいぞ、これ。

一心不乱にナポリタンを掻《か》き込む。

フォークが止まらない。

気がつくと、容器は空になっていた。

温めるだけで、こんなに変わるものだっけ。

思い起こせば、幼少の頃《ころ》からレトルトやカップ麺《めん》、冷たいコンビニ弁当ばかりを食べてきた気がする。そのせいか、人よりも食に無頓着《むとんちゃく》なところがあった。

食べ物なんて、カロリーが摂取できればどれも同じだ。

温める時間なんて勿体《もったい》ないと、コンビニで買った弁当や惣菜《そうざい》類はそのまま食していたけど、どうやら僕の舌が温めたコンビニパスタの美味しさに気づいてしまったらしい。

その美味しさに気づけたのは、光の手料理のおかげだろう。

昨日食べた唐揚げの味を思い出す。

あつあつで、ジューシーで、とても美味しかった。

熱が食物に与える効果は偉大だ。

もちろん、元の味付けが良いのが前提だと思うけど。

また食べたい、と思ってしまうのは自然な思考だ。

それくらい、彼女の作る手料理は絶品だった。

考えていると、喉《のど》の渇《かわ》きを覚えた。

缶コーヒーのタブを起こして口に含む。

「あれ……」

気のせいだろうか、味が薄く感じた。

深みがない、というか。

よく混ぜていないカルピスの表面の部分だけ飲んでいるような感じ。

この短期間で、コーヒーに対する味の感覚も変わってしまったらしい。

買い慣れたこの缶コーヒーも、これまで美味しいとは思わなかったとはいえ、まずいとも感じなかった。これも、光の淹《い》れてくれたコーヒーの影響だろう。

カフェイン依存の症状を緩和する薬だと思っていたコーヒーも、光のおかげで時間を豊かにする嗜好品《しこうひん》だと気づいた。

昼休み、放課後、バイト休憩《きゅうけい》中で水筒に入っていたコーヒーを飲み切ってしまったことを勿体なく思う。夜用に少し残しておけばよかった。

ちなみに水筒は今日、返すタイミングを逃してしまったので、後日添い寝をする時に返却する手筈《てはず》になっている。

（次の添い寝は……いつだろ）

ふと考えたその時、胸のあたりを冷たい風が吹き抜けた。

心の低温症だ。久しぶりの感覚だった。

ここ数日、光と一緒にいることが多かったから、こうして一人で部屋にいる状態が孤独感を誘発させたのだろう。

光に会いたい、とまではいかずとも、話をしたい、と思った。

驚く。本当に久しぶりだったから。

僕が、この僕が、誰かの声を聞きたいと自発的に思ったのは。

その時、スマホが着信音を奏《かな》でた。

びくりと肩が跳ねる。

着信音なんてレアなイベントすぎて心構えをすっかり忘れてしまっていた。

僕に電話をかけてくれるような人間は、一人しかいない。

出来れば今後一生、会話をしたくない相手だったけど、僕の唯一の身内となればそうもいかない。

恐る恐るスマホを手に取って、発信者を確認する。ディスプレイに表示された『ひかる』という名に、全身に張り詰めていた緊張感が霧散した。

「もしもし」

『あ、もしもし！』

光の声を聞いて、心の中で深い安堵《あんど》が落ちた。

『ごめんなさい、急に電話をかけて。今大丈夫ですか？』

「大丈夫だけど、どうしたの？」

『いえ！　特に何か用事があるというわけではないのですが……なんとなく、声を聞きたいなーと思って』

「なるほど、なんとなくね」

『というわけで、ちょっとおしゃべりしませんか？』
実は僕も話したいと思っていた、とは口にはしなかった。
シンプルに、気恥ずかしかったから。
だから短く「いいよ」とだけ返した。
『ありがとうございます！　ところで、何を話しましょうか』
「考えていなかったのか」
そこからは、とりとめのない会話をした。
主に光が話題を振って、僕がそれに相槌《あいづち》を打つという形だった。
学校のこととか、今朝の料理の感想とか、クイズチョップのこととか。
世の友人同士が交わしているであろう会話に興じた。
僕が普段、無生産だと切り捨てていたそれは、いざやってみるとそこそこ楽しかった。
時間が経《た》つにつれて、自分の口元が緩んでいることに気づく。
たまにはこういうのも悪くない、と思った。
もう何十回目かわからない会話のキャッチボールを経た。
それなりの時間になり、そろそろ通話もお開きの流れになったところで光が『あの

『……』と切り出す。

「ん？」

『電話をかけた理由……さっきはなんとなく、って言いましたけど……実はお誘いをしたいなと思っていたことがありまして』

「お誘い？」

『結人くん、甘いもの好きですよね？』

「好き、だけど」

なぜ断定なのだろう。昨日のエクレアを見てそう判断したのだろうか。

そう思っていると、すうっと、息を深く吸い込む音が聞こえた。

彼女の緊張が電波を通じて僕にも及んでくる。

やや間があって、早口で光は言った。

『明日の放課後、駅前に出来た新しいパフェ屋さんに行きませんか？』

「ああ、あのパフェみたいなお店の」

『みたいな？　パフェのお店ですよ？』

「気にしないで、こっちの話」

しかしパフェか、パフェパフェ……うーん。

なんとタイムリーな。まだ一口も食べていないプリンアラモードを見やる。

『あ、嫌なら全然断ってくれていいので！　無理はしなくていいですし、ちょっとでも興味があれば行こうかなー、くらいのノリで大丈夫ですので』

「ふむ……」

行く事自体は抵抗がないように思えた。直感的に不安になったのは、店で二人きりとなると、クラスメイトと遭遇する可能性が否めない事だ。

光とは添い寝フレンドの件については誰にも言わないという取り決めをしているので、問題はないと言えば問題はない。ただ、もし二人で仲良くパフェを突《つつ》いているのを見られたらちょっと面倒かもしれない、けど。

「……いいよ」

『って、ええええっ⁉　いいんですか……⁉』

「そんな驚くこと？」

『いや、だって……正直なところ、ダメ元でした。結人くん、こういうお店、全然行かなそうだったので』

「確かに、普段の僕だったら絶対に行かないような店、だけど」

『けど？』

「光には色々良くしてもらっているし、そもそも恩人の頼みならば断れない」

『ああ、なるほど、そういう……』

本心を告げただけだったけど、気のせいだろうか。

声色から、光は落胆しているように感じた。何故《なぜ》だろう。

「ああ、あと……」

『あと？』

「気になってはいた、から」

一人だと入り辛《づら》いというだけで、パフェ欲はかなりあった。甘党の僕にとって、コンビニスイーツではない、ちゃんとお店で作ったスイーツの味が気にならない訳がない。

『であればもう、行くしかないですね！』

光の弾んだ声が聞こえてくる。

『何はともあれ、お誘いを受けてくださってありがとうございます！　それでは明日、よろしくお願いしますね』

「うん、こちらこそ、よろしく」

『それでは、もう夜も遅いので……今日はこの辺で。お電話、付き合ってくれてありがとうございました』
　ああ、もう終わりなのか、と名残惜《なごりお》しさが到来する。
　最後に何か、一言だけでも伝えたいと思った。
「光」
『はい？』
　頭に浮かんだ、光に伝えそびれた言葉を口にする。
「コーヒー、本当に美味しかった。ありがとう」
　また、間があった。
　今度は電波を通じて、胸が躍《おど》るような感情が伝わってきた。
『また作りますね！』
　光の弾んだ声を最後に通話を終える。
　僕は台所に向かうと未開封のプリンアラモードを冷蔵庫に入れた。
　明日のパフェを存分に楽しむためだ。
　部屋に戻って、冷静になって気づいた。
　放課後、クラスメイトの女の子と二人でパフェを食べに行く。
　それはいわゆる、『デート』というやつでは？

ぞわり。つま先から脳天にかけて緊張が駆け巡る。

もしかして大変な約束を取り付けてしまったのではないかと、二つ返事で誘いを了承したことを今更ながら後悔した。

（でも、もう約束をしたし……今更断る方がよくないだろうし……）

正直、クラスメイトと遭遇したらどうしよう、という不安はまだあるが。

（万が一遭遇したら、友達と押し通せばなんとか……）

たぶんこの時の僕は、パフェデートに対し前向きだった。

もちろん、大好きなパフェを食べられるという部分もあったが、光とふたりで外出するという事自体に高揚感を覚える自分がいた。故に、クラスメイトと遭遇云々《うんぬん》に関しては、まあなんとかなるだろうという楽観思考を抱いた。自分の見たい情報ばかりを集める、確証バイアスにも近い状態だったのだろう。

後にこの楽観思考が、事態をややこしい方向に捻《ひね》ってしまう事になるのだが。

この時の僕は知る由もなかった。

◇

翌日、水曜日。放課後。

昨晩の約束通り、僕は光に追従し駅前のパフェ屋に入店した。

木と生クリームが共存する匂いというものを、僕は生まれて初めて嗅《か》いだ。

店内は予想通りというか、一歩踏み込んだだけで異世界に来たような錯覚を覚えた。

ピンクを基調としたカラフルな壁紙や、至る所に配置された小物類、造花、可愛らしい絵……。

さまざまなカラーが渋滞《じゅうたい》していて、たくさんの虹がそこかしこに生えているみたいだ。

客層もしっかりと偏っていた。

平日の放課後ということもあって、色々な高校の制服を着た女子がインスタ映《ば》えしそうなパフェを大袈裟《おおげさ》なリアクションをしながら食べたり、会話にきゃっきゃと花を咲かせたりしている。

どれだけ周囲を見渡しても、僕のような負のオーラを纏《まと》った人間は見当たらない。

「緊張していますか？」

気を遣《つか》ってくれたのか、対面に座る光が尋ねてくる。

「アウェイ感が凄《すご》い」

「わかります。こういうところ、落ち着かないですよね」

「意外だ」

「そうですか？」

「光のことだから、日常的にこういうお店に行ってるものだと」

「私にどんなイメージ持ってるんですか」

「陽キャの女王」

「なんですかー、それ」

くすくすと、光が口に手を当てて笑う。

どうやら冗談として流されたようだけど、僕の回答は至って真面目だった。

「ささ、とりあえず何頼むか決めましょう！」

「じゃあ、一番おすすめのやつで」

「メニューも見ずに決める人、初めて見ました」

「流石にパフェにセロリは入ってないでしょ」

「そういえば私たち、セロリ撲滅同盟のメンバーでしたね」

「あったねそんなの」

「一番のおすすめメニューは苺《いちご》とクリームチーズの欲張りパフェらしいですが、良いですか？」

「美味しそう。それで」

「即断即決すごいです……」

「パフェで甘かったらなんでも良いかなと思って」

「なるほど。私は……むむー……何にするか悩みますねー……おすすめも美味しそうですが、宇治抹茶《うじまっちゃ》パフェも捨てがたい……丸ごとチョコケーキ載せパフェ⁉　これはなかなかユニークな……‼」

うーんうーんと頭を抱えてぶつぶつ呟《つぶや》く光。甘くて美味しければなんでもいい派の僕にとって、パフェのチョイスで究極に悩み抜く姿はとても新鮮に映った。

結局光は「ケーキとパフェの組み合わせが面白そう」という理由で丸ごとチョコケーキ載せパフェを頼んでいた。

「そういえばさ、今日なんで誘ってくれたの？」

「友達だからですよ？」

「それ、理由になってる？」

「そういうものだと思いますけど」

「そうなのか」

どうやら友達という関係性は、人の人生の一部を拝借することができるくらい強い効力を持っているらしい。友達というものに恵まれたことのない僕には、友達だという理由だけでパフェに誘われたのは新鮮だった。

「昨日、りっちゃんがこのお店のことを教えてくれて、せっかくだから結人くんと行こうって思ったんです」

「りっちゃん？」

「あっ、すみません。如月《きさらぎ》さんです」

「如月……凜さん？」

「ですです、凜ちゃんなのでりっちゃんです」

なるほど、苗字《みょうじ》は如月というのか……覚えられることを祈ろう。

「如月さんたちとは一緒に行かなくて良かったの？」

「りっちゃんたちとは、今度の休みとかに行こうかなと！」

「つまり今日は事前偵察ってことか」

それならば納得できる。

僕がうんうんと頷《うなず》くと、光は怪訝《けげん》そうに眉《まゆ》を顰《ひそ》めていた。

「念のためですけど、結人くんと一緒に行きたいと思って誘ったのは本心ですからね？」

「事前偵察をしたいけど一人で行くのはアレだから手頃な人を誘おう、とかじゃなくて？」

「結人くん、卑屈《ひくつ》だってよく言われません？」

「そもそも僕と話す人がほぼいないから言われることはない」

誰かに言われたような気はするけど、誰だっけな。

「そういう意味じゃないですけど、むー……」

「……そもそも僕なんかといて、楽しい？」

「楽しいですよ？」

間髪《かんはつ》を容れずに言われて息を呑《の》む。

嘘偽《うそいつわ》りを語っているとは思えない、真剣な表情。

「とにかく私は今日、結人くんと会いたい、一緒にパフェを食べたい、もっと仲良くなりたい。そう思ってお誘いしました。邪《よこしま》な気持ちは一切ありません。それだけは……わかって欲しいです」

物寂《ものさび》しげに目を伏せる光。

ここでようやく、僕はせっかく純粋な気持ちで誘ってくれた彼女に対し、失礼な発言をしていたことに気づいた。

「……ごめん、僕が卑屈すぎた」

「わわ、頭を上げてください」

わたわたと、彼女が手を伸ばしてくる気配がする。

「怒ってるとかじゃないですから。お互いのことを知らなかっただけで、些細《ささい》な擦れ違いみたいなものですよ」

「知らなかった……は、確かにそうかもしれない」

「これからお互いのことを知っていけばいいんですよ、それに……」

光の視線が下がった。

少しだけ、彼女の表情に暗い影が落ちた気がした。

「自分に自信がない、という気持ちは、私もわかるので」

含みのあるその言葉の真意を探るより前に、店員がやってきた。

手際良く、ふたつのパフェがテーブルに並べられる。

「わっ、見てください結人くん！　ケーキがパフェに刺さってます！」

「本当だ」

やってきたパフェは、想像よりもなかなかボリューミーだった。

食べ切れるのか、これ。

「結人くんのも、美味しそうですね！」

「苺とクリームチーズの組み合わせで美味しくないわけがない」

「それは確かにです。ささ、溶けないうちに食べましょう、いただきます！」

「いただきます」

「はむっ……んぅっ、これ美味しいです！」

上に載っているケーキを早速食べた光が、ご満悦で頬を押さえる。

反応からしてお気に召したらしい。僕も後に続く。

「うん、パフェだ」

「なんですか、その感想」

「苺の酸味、生クリームの甘味、クリームチーズのコク、普段は単品の味を楽しむところを、ごちゃ混ぜにして堪能できるのがパフェの真骨頂だと思う」

「つまり、美味しいということですか？」

「とても」

「良かった！」

その言葉を一番聞きたかったと言わんばかりに、光は満足気に頷いた。

それからは黙々と、ふたりでパフェを突いた。

初めてお店で食べるパフェはなかなか美味しく、上段から下段にかけて変化する味を存分に楽しんだ。

これはコンビニでは味わえないと確信する。

ひとつ誤算があったとすれば、僕は生クリームがあまり得意ではないらしく、一定以上を胃に流し込むと胸焼けを起こすことが判明した。

コンビニスイーツの量だと発生し得ない事態なのでこれは不意打ちだった。

半分くらい食べたあたりで腹部の違和感に気づいたので、急いで残りを掻き込んだ。

胃のどん底で蠢《うごめ》く重たい感覚はお冷《ひや》で流し込み蓋《ふた》をする。

「ごちそうさま」

「わわ、早いです。さすがは男の子」

「生クリームの重厚な攻撃に対抗するためには電撃作戦しかなかったんだ」

「結人くん、たまによくわからないことを言いますよね」

「気にしないで。ところで、食べ切れそう?」

「だ、大丈夫です」

とは言っているものの、光のパフェはケーキが一切れ丸ごと鎮座しているため、食すのになかなか苦労しているようだった。

光は女子の中でも小柄なため、そもそも胃袋に収まるかどうか心配になってきた。

「やばそうだったら手伝うから」

「ありがとうございます。でも、この程度で白旗を上げるのは私のプライドが許しません」

瞳《ひとみ》にメラメラと闘志を燃やして、聳《そび》え立つパフェ山を切り崩していく光。

いつもの様子とは違う、負けず嫌いな一面を見て思う。

(これが、お互いを知っていく、ということなのかな)

ソロ行動が長かったため、忘れていた感覚。

人の新しい一面が垣間見《かいまみ》える瞬間は、宝箱を開けた時のような高揚感があった。

「結人くん、ごめんなさい。ちょっと時間がかかるかもしれないです」

うぷ、と口元を押さえながら光が言う。

「わかった、無理しないで」

「はい、お気遣いありがとうございます」

少なくなった二人分のお冷を足して、クリームとの戦いに戻った光を見届ける。

手持ち無沙汰《ぶさた》感を出してしまう方がかえって気を遣わせてしまいそうだと判断し、

僕はスマホを取り出しヨーチューブを開いた。

イヤホンは装着せず音量を最小にしてから再生する。

音は聞こえないため、画面下に表示されるテロップを頼りにクイズを解いていった。

どれくらい経《た》っただろうか。

「結人くん……私は、やりましたよ……」

二本目の動画が中盤に差し掛かってきた頃、息絶《た》え絶《だ》えな声が聞こえてきた。

視線だけ彼女の方に動かすと、綺麗《きれい》に空っぽになったパフェの器が見えた。

四十分に及ぶ苦戦の末、大金星をあげたらしい。

「おお凄い、よく食べ切ったね」

「ギリギリの戦いでした……もう当分、生クリームは見たくないです」

疲労感と達成感がパフェみたいに混ざった瞳が、僕の手元に興味を移す。

「クイズチョップ、見ているのですか?」

「正解」

光が立ち上がって、僕の隣に腰を下ろした。

(うお……近い)

生クリームとは別の甘い匂いが鼻腔をくすぐり鼓動が速くなる。

露骨に身体《からだ》を横に移動させることも出来ず硬直してしまった僕と、じっとスマホを見入る光でしばらく動画を試聴する。

隣が気になりすぎてクイズの内容が全然頭に入ってこないけど、光が楽しんでいるのであれば瑣末《さまつ》な問題だ。

「好きなんですね、クイズ」

なんの脈絡もなく、光が言った。

「好き……うん、好きだと思う、クイズは」

「どんなところが好きなのですか？」

「どんなところ……」

少し考える時間を要してから、答えを口にする。

「ちゃんとした正解があるから、だと思う」

「ちゃんとした正解？」

「うん、なんというか……僕は抽象《ちゆうしよう》的なものを察したり、読み取る能力が欠如《けつじよ》しているから、具体的なもののほうが安心するというか」

「抽象的なもの、というと？」

「人の表情に隠された感情とか、その場の空気とか、相手が何を求めているのかとか、言語化しにくい、ふわっとしたものかな」

「ああ、なるほど。わかりやすいです」

「それに対してクイズは、一つの回答がちゃんと用意されている。吸収した知識を論理的に組み立てる思考さえ覚えれば、誰でも答えられる、評価される。それが僕の性に合っていて、楽しいのだと思う」

「なるほどー、納得しました」

何故か声を弾ませる光。

「やけに嬉《うれ》しそうだね」

「いやあ、凄い特技だなって」

「……別に、褒められたことでもないよ」

僕がクイズを好きな理由。

改めて口にすると深い納得感があった。

しかし同時に、僕の胸中に、溶けたアスファルトを流し込まれたような不快感が込み上げてきていた。

「抽象的なものを読み取れない。それは言い換《か》えると、共感性が欠如しているとも言えるから……それが原因で何度も失敗してきたし」

思い出したくないこともたくさんある。

人と関《かか》わらず、一人でいようと思うくらいには。

「クイズチョップのメンバーくらいの域になったら、凄いんだろうけど、それには全然及ばない。役に立ったこともないし、だから、凄くもなんともないよ」

いつもより自分が、饒舌《じょうぜつ》になっていることに気づく。

この場で吐き出すようなことじゃないことは、空気の読めない僕でもわかった。

光の表情が、ちょっと困った様子だったから。

「……ごめん、つまらない話をベラベラと」

「いえいえ！　つまらなくなんてないですよ。私は凄いと思います。逆に私は、小難しいことを考えたりするのが苦手なので……」

一拍置いてから、光が続ける。

「良いも悪いもないと思いますよ。得意、不得意があるってだけで。私は、結人くんの得意なことが苦手なことなので、羨《うらや》ましいなって思います」

「なるほど……そういう見方もあるのか」

「反対ですね、私たち」

「なんでまた嬉しそうなの」

「さあ、なぜでしょう」

やっぱり自分は、人の気持ちを考えるのは苦手だ。

光の考えていることがさっぱりわからない、けど。

何故だか、先ほど抱いた悪い気分は霧散していた。

「それにしても凄いですよね、クイズチョップの皆さん」

先ほどまでとは違う、シリアスな声色で光が言う。

「それは激しく同意。頭の回転も速いし、知識もすごいし、天才すぎるよね。同じ人間の脳みそとは思えない」

「えっと、それも確かに凄いと思いますが……」

少し間があった。

「自分のやりたいことが出来ていて、凄いなって。本当に……羨ましい」

「……どうしたの急に？」

一時停止ボタンを押して尋ねる。

女子率の高い店特有の明るい雰囲気《ふんいき》に反した声色だったためか、彼女の口調が普段のそれと比べて明らかに重かったためか。

どちらにせよ、僕は不穏《ふおん》な気配を感じ取っていた。

「ふと、思ったんです。ほとんどの人は、自分のやりたいことを見つけることすら出来ません。仮に見つけたとしても、自分のやりたいことと、それが出来る環境に身を置き続けることは簡単ではなくて……やっぱりほとんどの人は、やりたくないことに時間を費やし続けてしまう……」

どこか遠い目で言葉を並べている。

「その中で、自分のやりたいことを見つけて、それをし続けることが出来ている……そんなクイズチョップの皆さんが、なんだか眩《まぶ》しく見えたのです」

僕は黙って耳を傾ける。普段の彼女の口から紡がれたとは思えない、本質めいた話に呆気《あっけ》に取られていた……わけではない。

「って、ごめんなさい。急に長々とこんな話……クリームを食べすぎて、ちょっと変なテンションになっていたみたいです」

「いや……その感覚は、わかるよ」

光の話は本質を突いていると思った。

だから、黙って聞き入っていた。

「僕がまさに、やりたいことを見つけられなくて日々を漫然と生きているから……だから、光が憧れる気持ちは、とてもわかる」

本心をそのまま言葉にすると、光は見開いた目を嬉しそうに細めて言った。

「やっぱり、思っていた通りですね」

「何が？」

「いえいえ、こちらの話ですよ」

「なるほど」

にこにこと喜色をたたえる光に、なんとなしに尋ねる。

「光は……何かやりたいこと、あるの？」

ぴくりと、小さな肩が震えた。

「さあ、どうでしょう」

きゅ、と桜色の唇が横一文字に結ばれる。

天井で回るファンを見上げて光は言った。

「あったかも……しれませんね」

何かあったんだろうな、と直感的に思った。

同時に、違和感。

明るくて、不安事なんて何もなさそうな彼女から、時折ちらつく不穏な影を感じ取った。

僕の口がほんの少しだけ開く。

詳細を聞きたい気持ちが一瞬だけ脳裏を過《よぎ》った。

頭を振って、その欲求を振り払う。

彼女が話し出さない限り、僕の方から踏み入るようなことはしない。

そう改めて決めてから、一言だけ返す。

「そっか」

光は控えめに口角を持ち上げた。

僕の返答を予想していたと言わんばかりの反応。

先程の暗い気配は感じられない、いつもの表情だった。

「結人くんも、やりたいこと、見つかるといいですね」

そう締め括《くく》ってから、光が立ち上がる。

「そろそろ、行きましょうか」

◇

店を出ると、時刻は五時を回っていた。

駅から家に向けて繁華街を歩く。

十月の空はオレンジ色に衣装替えをして、アスファルトに二人分の影を作っていた。

「パフェ、美味しかったですねー」

僕の隣で頬を緩める光の足取りは軽やかだ。

「当たりの店だったね、量多かったけど」

「それは完全に同意です。もう今日は晩ご飯、いりませんね」

「口の中が甘ったるいから、カップラーメンで流し込むといいかも」

「また不健康なものを。太っちゃいますよ？」

「ノンフライ麺だから実質カロリーはゼロ。何も問題ない」

「なんですか、ドーナツも形がゼロだからゼロカロリーと言いたいんですか？」

「ドーナツは太るだろ」

「せっかくボケに乗ったのにその返しはあんまりです！」

「ごめんごめん。ドーナツは甘いから、反射的に拒否反応が」

「うぷっ……私も、ドーナツのことを思い出したら気持ち悪くなってきました」

「どんな自爆だ」

放課後、クラスの女子と一緒にパフェを食べる。

そんな高難易度ミッションをこなせるのかという不安はあったけど、案外なんとかなるものだ。バイトのない日は学校が終わると家でダラダラするのが日課だったけど、こういう時間を過ごすのも悪くはない、と思った。

「今日はありがとう」

「え？」

光が僕を見る。

「誘ってくれて、ありがとう。パフェも美味しかったし、放課後に友達と遊ぶのも初めてだったから……楽しかった」

早口気味に言うと、光は一瞬呆気に取られたように目を見開いた後。

「こちらこそ！　私も、とっても楽しかったです」

絵にして飾りたくなるような笑顔を咲かせて大きく頷いた。

人にストレートな感謝をぶつけられるのは慣れていなくて、心臓のあたりが擽《くすぐ》ったい。

同時に、ほっとした。

僕なんかと時間を共有して、退屈だったんじゃないかと不安もあったから。

楽しんでくれてよかったと、心底安堵した。

「また、行きましょうね」

「少なくとも一ヶ月は空けよう」

「別にパフェに限定はしていませんよ。どこかご飯とか……」

「いいかもしれないね」

「どこか気になっているお店とかあります？」

「家の近くにある怪しげな中華料理屋は、いつか入ってみたいと思ってる」

「あー！　郵便局の前にあるお店ですか？　私も、あそこは気になっていたのですけど一人では勇気が出なくて……」

こんな感じで、他愛のない会話に花を咲かせていたから。

僕らに視線を注ぐ人の気配に気づくことが出来なかった。

「ひーちゃん？」

まず光が振り向いた。

つられて、僕も続く。

西の空に沈みゆく夕陽《ゆうひ》を背に、光と同じ制服を着た少女が立っていた。

高めの背丈。引き締まった体軀《たいく》。軽く染めた髪は短めに切り揃《そろ》えられている。

僕の背中に嫌な汗が伝った。その容貌《ようぼう》に見覚えがあったからだ。

（……まあ、確率的にはクラスメイトに遭遇してもおかしくないか）

それは昨日、可能性として織り込み済みだったので今更後悔するつもりはない。

問題は、彼女が光とよく一緒にいる生徒だったことだ。

「あっ、りっちゃん」

先ほどまでの子供っぽい振る舞いから一転。

優等生モードになった光が、ゆったりとした足取りで少女の元に向かう。

「部活帰りですか？」

「家にはまだ帰れないけどね。これからスクールだし」

そう言って少女——如月さんは、肩にかけたスポーツバッグを叩《たた》く。

（苗字、ギリ覚えてた。良かった）

僕は静かに安堵した。

「さっき、そこの交差点でたまたま見つけて追いかけてきちゃったの」

「あら、偶然ですね」

「ひーちゃんは？」

「私はパフェ帰りです」

「パフェ帰り……」

そこでやっと、如月さんが僕に視線を向けた。

光に向けていた親交的な瞳がみるみるうちに疑い深いものに変わる。

当然だ。彼女にとって僕は、クラスの端で空気を吸うだけの地味なクラスメイト。

そんな男が、学年で一番人気を誇る光と肩を並べて歩いている事実に理解が追いついていないのだろう。

「えっと……確か天野だよね？　間違えていたらごめん」

驚く。僕のようなモブキャラの名も、彼女はしっかりと認知しているようだ。

僕が小さく会釈《えしゃく》だけすると、彼女は少しだけ口を開いた。

が、すぐ閉じて視線を光に戻した。

「仲良いんだ、天野と」

「お友達ですよ」

屈託のない笑顔で即答されて、如月さんが眉を顰める。

それから逡巡《しゅんじゅん》する素振りを見せるも、手首に巻いた腕時計を見て目を見開いた。

「ごめん！　いろいろ聞きたいことはあるけど、時間がヤバいからもう行くね！」

「あ、そうですか……残念ですけど、頑張ってください。声をかけてくれて、ありがとうございました」

ぺこりとお辞儀をする光に、如月さんは一言。
「明日、ちゃんと話して」
低い声で言った。
光は返答せず、にこりと優雅に微笑《ほほえ》んでみせた。
それから如月さんは最後に僕を見た。見た、というよりも睨《にら》んだ。
人の表情を読む能力が欠けている僕でも、その瞳に浮かんだ感情は識別できる。
敵意だ。どうやら僕は、光と一緒にいることを歓迎されていないらしい。
如月さんが踵《きびす》を返す。
運動部らしい軽やかな足取りで走り去ってから、今度は光が僕に頭を下げた。
「驚かしちゃってごめんなさい。りっちゃん、私にちょっと過保護なところがあって
……」
優等生モードから素に切り替わる光。
光も、如月さんが僕に対して向けていた感情を敏感に感じ取っていたらしい。
「それは別に気にしてないんだけど……大丈夫だったのか？」
「何がですか？」
小首を横に倒す光に、尋ねるか迷った。

僕なんかと歩いているところを仲の良い友人に見られて、大丈夫だったのかと。

クラスであらぬ噂《うわさ》を立てられたりしないか、と。

「いや、なんでもない……仲いいんだね、如月さんと」

「はい、親友です」

光と如月さんの絆《きずな》の深さを表すのは、その言葉だけで充分だった。

だからこそ余計に心配になったけど、尋ねるタイミングは失われていた。

それからは、再び二人で帰路についた。

僕と光の家がある住宅街までの道中は、先程と違って言葉数少なだった。

基本、僕らのコミュニケーションは光から話を振ることで生じるため、彼女の口数が減ると自動的にやり取りが少なくなる。

光はどこか上の空だった。

そわそわしているというか、何かを思案しているというか。

先程はなんでもない風にしていたけど、やはり僕と二人っきりで帰っているところを親友に見られたことに動揺しているのではないか。なんとなく、そんな気がした。

光の家の前までやってくる頃には、空はすっかり闇《やみ》色に染まっていた。

僕の家はここからまだ先なので、彼女とはここでお別れだ。

今日は添い寝の約束もしていないから、自然と解散の流れになる。

ふと、胸に不思議な寂しさが到来した。

もう少し、光と一緒にいたい。

そんな気持ちを覚えたが、自分から光の時間を奪う気にはなれず、後ろ髪を引かれる気持ちを振り払って口を開く。

「それじゃ……また明日」

「あ、あのっ」

流れを、光が断ち切った。

スカートの前で指をもじもじさせて、ちらちらと上目遣い気味に僕を見上げている。

言い辛そうなことを言おうとしているように見えた。

僕は直感的に、添い寝フレンドの解消を申し入れられるのかな、と思った。

如月さんは光の親友だ。

明日にでも、僕との関係について根掘り葉掘り聞かれるだろう。

下手するとそこから、僕と光に交友があることがクラス中に広まるかもしれない。

噂に尾ひれはひれがついて、ややこしいことになる可能性もある。

それは光にとって本意ではないはずだ。

そうなる前に、関係性を切っておく。
そしたら、『私は天野くんとなんの関係もない』と主張することができる。
そんな推理をした。
仕方がない、彼女にも彼女の立場がある。
僕だって、クラスメイトと遭遇するリスクは承知の上でパフェデートを了承したのだ。
今更何か声を上げることではない。
自分に言い聞かせるように思って、胸に湧《わ》き出した仄《ほの》かな後悔に蓋をして。
僕は身構えた。
僅《わず》かに上擦った声で、光が口を開く。
「今日は、事前連絡をしてないのですが……その……」
瞳が、僕を捉える。
「添い寝、してくれませんか?」

◇

どうやら僕は、雪白光という人間を全く理解出来ていなかったらしい。

僕の推理とは正反対の要望に驚きながらも、僕は彼女のお願いを了承した。

一度家に戻ってお泊まりの準備をしてから遅めの時間に光の家を訪れた。

明日の予報は雨ということで、今日はしっかりと傘《かさ》も持ってきている。

夜十時。僕は、光の家の寝室に身を置いている。

服装は制服から寝巻きに。歯磨きも済ませて寝る準備は万端だ。

「あ、しまった」

ベッドでスマホを弄っている途中で気づく。

「どうしました？」

横の敷布団でごろごろしていた光が僕を見る。

「水筒、持ってくるの忘れてた」

次の添い寝のタイミングで返す予定だったのに、すっかり抜けてしまっていた。

「本当にごめん……今からでも取りに行くよ」

「いえいえ別に大丈夫ですよ！　あれがないと困るというわけでもないですし、返せる時に返してもらえれば」

深々と頭を下げる僕に、光が寛大《かんだい》な言葉をかけてくれる。

無論、こんなことで光は目くじらを立てないことは短い付き合いの中でわかっている。

自分に非がある状況下において全力で申し訳ないと感じてしまう、僕の性質の問題だ。

「むしろ私の方こそごめんなさい。突然のお願いだったのに、無理を聞いてくださって」

今度は光が深々と頭を下げた。どこかで見たやりとり。

「いやいやいや、それこそ謝るようなことじゃないから、気にしないで。僕も特に予定はなかったし。それに……」

「それに？」

結果的に、添い寝をすることになって良かった、かもしれない。

別れ際、もうちょっと一緒にいたいと思っていたから。

なんて言えるはずもなく。

「いや……なんでもない。それにしても、なんでまた急に？」

「あー……えっと……」

澄んだ瞳が泳いだ後、ほんのりと頬を苺色に染めて光は言う。

「もうちょっと、結人くんと一緒にいたいなーと思ったら……つい口に出ていたと言いますか」

ぼっと身体が沸騰《ふっとう》した。

えへへと気恥ずかしそうに頭を掻く光を直視できなくなって目を逸《そ》らす。

光も僕と同じように、まだ一緒にいたいと思ってくれていた。

ただそれだけのことなのに……とても嬉しかった。

同時に、経験したことのない恥ずかしさが迫《せ》り上がってきた。

頬が熱い、鼓動がばっくんばっくんと脈打つ……落ち着け。

「結人くん？」

怪訝そうに覗《のぞ》き込んでくる光に視線を戻すことが出来ない。

顔を押さえた掌から異様に高い温度を感じる。

「光さ……男子に反則とか、ズルいとか言われたことない？」

「ええっ……!? な、なんでわかるんですか？」

ぎょっとする光を見て、自然とため息が漏れた。

彼女の無自覚で純粋無垢《むく》な言動に情緒《じょうちょ》を乱された男子は決して少なくないだろう。

僕は絶対に勘違いなんてしないぞと、決意を新たにする。

「あの、結人くん？」

「さあ、どうだろう。なんとなく？」

「凄いです……結人くんはエスパー……」

何やら盛大に勘違いをされている気がするけど、訂正する気にもなれなかった。

なんだか先程から瞼《まぶた》が重い。

生クリームがじわじわとボディブローのように効き始めているのか、あるいは放課後に女の子と二人で遊ぶという慣れないことをしたためか。

「そろそろ寝る」

「あっ、はい、おやすみなさい。電気、消しましょうか？」

「いや、光が寝るまでつけたままでいいよ」

「結人くんが寝るなら、私も寝ようと思います」

「別に合わせなくていいのに」

「いえ、なんだか私も眠くて……放課後食べたパフェの消化で、胃腸が頑張りすぎたのかもしれません」

「奇遇だね、僕も同じことを思っていたよ。じゃあ、今日はちょっと早いけど、寝ようか」

「はい！」

アラームを設定し、スマホを充電器に繋ぐ。

さあ、あとは布団を被《かぶ》るだけとなった時、光が声をかけてきた。

「あの、結人くん」

「ん？」

パジャマの前で指をもじもじ。ちらちらと上目遣い。

この挙動、既視感がある。

「重ね重ねのお願いで申し訳ないのですが……」

すうっと息を吸い込んでから、光は言った。

「寝るときに、手を……握ってくれませんか？」

「は…………手？」

予想だにしなかったお願いに、間の抜けた返答をしてしまう。

「あっ、ごめんなさい！　嫌なら嫌で大丈夫です！　手汗掻くと思いますし、窮屈《きゅうくつ》だと思いますので……」

「いや、別に嫌じゃないけど……どうして急に？」

「……なんとなく……？　ですかね？」

「ああ、なんとなく」

なんとなくならば、仕方がない。人の言動のひとつひとつに明確な意図が必ずしもあるわけではないと、光との会話の中で学んだ。

「わかった」

言うと、光はこれから寝るとは思えない明るさの笑顔を咲かせた。

「ありがとうございます！　とっても……とっても嬉しいです」

「そんな大袈裟な」

電気を落とした後、二人それぞれ寝床《ねどこ》に入る。

「……それじゃ、繋ぐぞ」

「お、お願いします……」

こう、改まって手を繋ぐとなるとこちらまで緊張してきた。

一度大きく息を吸い込んで、ベッドの真ん中から少しだけ左に身を寄せる。

僕が横たわるベッドはマットレスタイプのため、敷布団とほとんど高低差はない。

幸か不幸か、少し手を伸ばせばすぐに光に触れることが出来た。

ぱしっと、ひんやりとした感触が掌を通じて伝わってくる。

ふにふにとしていて柔らかい、自分よりも二回りほど小さな掌だ。

「結人くんの手、大きいですね」

「そういう光の手は小さいね」

「全体的にミニマムですからね。結人くん、しっかり男の子なんだなーって、なんだかドキドキしちゃいます」

そういう不意打ちを言われると、こっちまでドキドキしてしまうからやめてほしい。手遅れだったようで、異性の気配を感じ取った本能が心拍数を上昇させた。落ち着け本能。頑張れ僕の理性。

南無阿弥陀仏《なむあみだぶつ》……。

「やっぱり、結人くんと一緒にいると、安心します」

念仏に埋め尽くされた僕の脳内に、光のしっとりとした声が響く。

「どこに安心する要素が？」

「私の気持ちを共有してくれるところ、ですかね」

「気持ちを共有、って？」

やや間があってから、ぎゅっと掌に力が込められた。

そして、言葉が落ちる。

「自分が生きてる意味がわからない、って気持ち」

世界の全《すべ》ての音が、一瞬にして消失した。彼女お得意の『なんとなく』で呟かれた言葉とは違うそれは、僕の感情を乱すには十分な威力を持っていた。

どういう意味、と尋ねようとしたが。

「……やっぱり私、疲れてるみたいですね」

掌の力が緩む。

「ごめんなさい、忘れてください」

口を噤《つぐ》む。

深掘りはしないでと、言われているような気がしたから。

それだったら仕方がない、と思う反面、腹の底にモヤモヤとした異物感があった。

光の手を握っている左手に力が入りそうになって、代わりに右手を握りしめる。

彼女と過ごす中で蓄積されている違和感。

それから目を逸らし続けていることに、ある種の呵責《かしやく》を覚えていた。

「……わかった、忘れる」

また、目を逸らす。でも、仕方がない。これが僕なんだから。

そう言い聞かせるも、腹の中で蠢《うごめ》くモヤモヤはしばらく消えそうになかった。

「ありがとうございます……おやすみなさい」

「うん……おやすみ」

それから、会話は生じなかった。

光の発した言葉の意味をしばらく考えたけど、わからなかった。

規則正しい寝息と、じんわりと温かくなった掌の感触を感じながら眠りに落ちる。

夢は、見なかった。

◇

湿ったアスファルトの匂いがする。窓の外からは雨音。

本日の天候は予報通りになったらしい。

ぴ、という音が鳴った瞬間、僕はスマホに手を伸ばしモーニングアラームを沈黙させた。

下腹部に違和感。胃袋が熱い。

昨日摂取した生クリームが許容値を超えて、消化が不完全だったのかもしれない。

胃腸は加齢《かれい》とともに衰《おとろ》えていくと言うけど、それにしても早すぎではないだろうか。

自分の身体を憂《うれ》う。お腹《なか》をさすろうとした途端、左掌を覆《おお》う温《ぬく》もりを覚えた。

（そういえば……手を繋いで寝たんだっけ……って、あれ？）

だとしても、手の甲まで温かいのはおかしい。

光の手はそんなに大きくないはずだ。

横を見ると、光が身体をこちらに向けてすうすうと寝息を立てていて。

彼女から伸びた小さな両手が、僕の左手を包み込んでいた。

まるで、母親に貰《もら》ったプレゼントを大事に抱える子供のように。

（……っ……朝から刺激が強過ぎる）

覚醒《かくせい》したままこの状態が続くのは精神衛生的によろしくない。

そう判断した僕は、光を起こさないようこっそりと手を離した。

途中、「んぅ……」と不満気な呻《うめ》き声が漏れた気がしたが、聞こえなかったことにする。

とりあえず、喉の渇きを潤そうと身を起こした。手を繋ぐためこちらに身を寄せている光を踏んでしまわないよう、ベッドの足側の端まで這《は》いずって移動する。

フローリングの床に足を下ろし一歩踏み出したその時、寝起きでふらついていた右足がガツッと何かに引っかかった。

「うおっ……」

とっさに左足で踏ん張って転倒を防ぐ。
（危ない……）
ここですっ転んだら光を起こしてしまうところだった。
それにしても何に躓《つまず》いたんだろう、と視線を落とす。
本棚と、クリームカラーの勉強机との間のスペース。
無造作に積み重ねられた、大小様々な本たちが目に入った。
どうやらこの一角に躓いたらしい。
（そういえば、初めてこの部屋に来た時……）
ベッドから遠目にこのスペースを見た。
あの時は一番上の本に布がかけられていて、なんの本なのかわからなかった。
今、その布は躓いた衝撃のせいで落ちてしまっている。
光が寝ているうちにこっそり見てやろうという、邪《よこしま》な気持ちがあったわけではない。
単に興味が湧いて、僕はその本のタイトルに目を滑《すべ》らせていた。
「ペン一本から始める絵の描《か》き方講座……」
その表題を口にした途端、頭の中でカチリと音がした。
何かに駆られるようにしゃがみこんで、その下に積み重なった本のタイトルも確認する。

『光と影の描き方新書』

『猫でもわかるロジカルデッサン技法書』

『意外と難しい手の描き方大解説』

『三十日で変わる画力向上講座』

『背景の描き方～基礎から実践まで大収録～』

それらの多くは、『絵の描き方』に関する指南書だった。

その中でも一冊のタイトルに目が止まる。

『西洋美術大全集』

「これって……」

記憶が蘇《よみがえ》る。

――ルーブル美術館最大の絵画といえばカナの婚礼に違いありません！

――イエス・キリスト最初の奇跡として知られている絵画ですね。結婚披露宴でぶどう酒がなくなった時、イエスが水をぶどう酒に変えた場面を描いた作品で、その典拠は……。

先日、クイズチョップの西洋美術に関する問題で、異様に詳しい知識を披露した光。

その知識の源流だ、と直感的に確信した。
「……ん？」
気づく。指南書タワーに立てかけるように薄い本……いや、ノートが置いてあった。
駄目だと思いながらも、ノートに手が伸びてしまう。
表紙には『私』と、一単語だけ手書きで記されていた。
丸っこくて丁寧《ていねい》な、誰が書いたのか一目でわかる文字。
ここまできて、中身を見るなというのは無理な話だった。
ほんのちょっとだけ、と自分に言い聞かせてノートを開く。
「すご……」
一ページ目で、言葉が漏れた。
鉛筆で描かれた、無地のページいっぱいに広がるどこかの街の風景。
鉛筆でここまで巧《うま》く描けるものなのかと感嘆する。
次々と、ページを捲《めく》ってしまう。
——絵は少しだけ、勉強していた時期があった……といいますか。
「いや、少しじゃないぞこれは……」
再び蘇った光の言葉に、思わずツッコミを入れた。

それほどまでに、一ページ一ページに描かれた絵に圧倒されてしまった。

ページ一枚一枚に、鉛筆だかシャーペンだかで描かれた絵。それは風景であったり、猫であったり、鳥であったり、誰かの顔であったり、題材は様々だった。

それらの絵は素人目《しろうとめ》でも、長い鍛錬《たんれん》とセンスによって描かれたものだとわかった。

ツブヤキッターに投稿したら万バズも狙《ねら》えるんじゃないかと思うくらい、緻密《ちみつ》で、精巧で、何よりもパワーのある絵だった。

その筆力に釘付《くぎづ》けにされ、時間も忘れてページを捲っていく。

全ての絵をこの目に収めたい。

そんな欲求に駆られながら、ページも後半に差し掛かろうとした時だった。

ピピピッと、けたたましいアラーム音が部屋に響いた。

音に身体が反応して思わずノートを落としてしまった。

慌てて拾い上げると同時にアラームが鳴り止《や》む。

アラームはこんな短時間でひとりでに止まることはない。

「ふあ……」

呑気《のんき》な寝息と衣擦《きぬず》れの音は、光が目覚めた証拠。

オイルを差し忘れたロボットのようにぎこちなく布団のほうに首を動かすと、上半身を起こし寝惚《ねぼ》け眼《まなこ》を擦《こす》っている光と目があった。

「ぁ……おあようございます……ゆいとく……」

大きな瞳が、日一杯見開かれた。

光の視線が僕の顔、ノートを持つ手、そして布が取り払われた指南書タワーへと向く。

「そ、それは見ちゃダメです‼」

「ちょっ……⁉」

慌てふためいた様子で突進してきた光に驚き慌てて身を引く。

しかし不運が重なり、足をもつらせた光が前のめりになって倒れ込んできた。

「うおっ⁉」

「きゃっ」

ゴンッ、ドタバタドタッと決して小さくない衝突音が部屋に響く。

咄嗟《とっさ》に受け身を取る事ができず、僕は光を抱き留めた衝撃で床に背中を打ちつけた。

浅い息遣いが聞こえる。甘ったるい匂いが嗅覚を直撃する。

濁《にご》った僕の目とは違う澄んだそれが、至近距離で驚きに揺れていた。

「あっ、えぁっ、ごめんなさい！」

ぱっと電光石火の如《ごと》く身を離す光。

「わたっ、私ったらつい……！　背中痛かったですよね本当にごめんなさい！　もしかして傷とかになってたり……!!　今すぐ救急箱持ってきますので、服脱いでください！」

「と、とりあえず落ち着いて」

わかりやすく混乱する光を宥《なだ》め、散らかった指南書類を元の位置に戻すこと数分。

「改めて、本当にごめんなさい。取り乱してしまいました……」

深々とお辞儀をする光を見るのは何度目だろうか。

「いや、これは元はと言えば僕が悪いから……こっちこそごめんなさい」

僕も床に額《ひたい》を擦り付けた。

「……見ましたか？」

「……本当にごめん」

弁解の余地は皆無《かいむ》だった。

人の家で、見られたくなかったであろうプライベートな一面を、己の好奇心に抗《あらが》えず見てしまった。

裁判だったら検察の求刑が全面的に支持され執行猶予《しっこうゆうよ》もつかない有罪案件だろう。

ちなみに件《くだん》のノートは今、光の胸に抱かれている。

（これは……嫌われただろうな……）

流石の仏、光様といえど今すぐ出て行けと言われても仕方がない。

どんな叱責《しっせき》が来るのだろうと僕が身構えていると。

「……どう、でしたか？」

「どう、とは」

「ノートに、色々と描かれてたと思うんですけど……どう思いましたか」

「絵の感想、ってこと？」

ノートを抱いたまま、こくりと、小さな首が頷く。

成績表を親に見せたあと、反応に怯《おび》える子供のように震えている。

「凄かった」

「……え？」

「本当に凄かったよ」

本心だった。

「絵に関してはてんで素人な僕でも、巧《うま》いという言葉で片付けるのが烏滸《おこ》がましいくらい、なんというか、圧倒された。感動した、の方が適切かな？　僕の語彙力《ごいりょく》がなくて申し訳ないんだけど……」

「いえいえいえいえとんでもないです……‼」

ぶんぶんと頭を振った後、ぽつりと一言。

「……ありがとう、ございます」

嬉しそうに、呟いた。

ノートを胸に抱いて、本当に、嬉しそうに。

その様を見て、僕まで温かい気持ちになる。

「あっ……そうだ結人くん」

「ん？」

「あの、最後のページの絵についてはですね、別に深い意味はなかったというかなんというか……」

「最後のページ？　ごめん、途中までしか見ていなくて……何が描かれてるの？」

「あっ、いやえっと……見てないのでしたら大丈夫です！　ただの絵なので！　あは……あはは」

（何を描いたんだろう……）

気になったけど、この期《ご》に及んで聞くことも出来まい。

「これだけ巧いならさ、何かのコンクールに出したりしないの？」

素朴《そぼく》な疑問を口にしてみると、光はゆっくりと首を横に振った。

「出す予定はありません。私レベルの人はたくさんいるでしょうし、それに、自分が好きだと思ったものしか描けないので……」

「なるほど……でも、勿体ないよ。少なくとも僕は、このレベルは充分コンクール……いや、プロレベルでも通用すると思った」

「プロレベルって……そんな大袈裟ですよ」

「そんなことないよ。出すところに出せばちゃんと評価も……」

知らず知らずのうちに、僕の言葉に熱が入ってしまっていた。

僕のような何の取り柄《え》もない凡才《ぼんさい》からすると、光の一芸はとても輝いて見えた。

この才能を他の誰かにも共有したい、するべきだという気持ちに駆られていた。

駆られて、視野が限定的になってしまっていた故に……光の表情が少しずつ、歪《ゆが》んでいっていることに気づかなかった。

「いいんです」

「いや、でも……」

「絵はもう、いいんです！」

息を呑《の》んだ。

今まで見たことのない剣幕だった。

その強い声色に。その横顔に落ちた暗い影に。

僕は言葉を失った。

やや間があって。

僕は、自分の発言がとても愚《おろ》かで光の気持ちを考えていなかったことに気づく。

「……ごめんなさい、大きな声をあげてしまって」

「……いや…………僕こそ、ごめん」

また、頭を下げた。心から申し訳ないと思った。

光にとって絵がセンシィブなものであることは、今までの彼女とのやりとりを踏まえれば容易《ようい》に想像出来たはずだ。

出来なかったのはひとえに僕の察する能力が欠如していたせいだ。

人との関わりを疎《おろそ》かにしてきたせいで、自分本位な言葉をぶつけてしまった。

──絵、描いていたとか？

──それは……どうでしょう……そんな時期があったかもしれない……ですね。

先日、クイズチョップの問題を解いてる時もそうだった。

――光は……何かやりたいこと、あるの？

――さあ、どうでしょう……あったかも……しれませんね。

昨日、パフェ屋でもそうだった。

光は自分の過去についていつも言葉を濁していた。

その都度生《つど》じていた違和感からずっと目を逸らし続けていたのは僕自身なのに、この期に及んで自分の欲求を優先させてしまった。

ドロドロとした嫌な液体が胃袋に広がっていく。

俯《うつむ》く僕の肩を、光がとんとんと叩いた。

顔を上げると、無理やり作ったような笑顔がそこにあった。

「朝ご飯、作ってきますね」

それだけ言って、光は逃げるように寝室を後にした。

その背中は、どこか寂しげだった。

「何やってんだ……」

寝室に一人残され、乱暴に頭を掻く。

『また』だ。

また、僕のせいで人を傷つけてしまった。

そんな考えが頭の中でぐるぐると回る。

いや……今は自己嫌悪に陥《おちい》っていても仕方がない。

なんにせよ現時点でわかることはふたつ。

ひとつは、雪白光というクラスメイトに関してまだまだ知らないことがたくさんあるということ。

もうひとつは、その『知らないこと』に不穏な……いや、そんな言葉では生ぬるい、深い闇のような気配が潜んでいること。

人の新しい一面を知ることは、宝箱を開けるような高揚感ばかりではない。

宝箱の中には、いつも嬉しいアイテムが入っているとは限らない。

時にはミミックのように牙《きば》を剝《む》いてくる宝箱もある。

光に訊《き》いて、話を深掘って、宝箱の中身を確かめるという選択肢もあったはずだ。

昔、何かあったのかと。

教えてくれるかどうかはさておき、相手を知る姿勢は示せたはずだ。

しなかった。何故《なぜ》か。それは、僕が臆病《おくびょう》な人間だからだ。

暗い影に隠れたミミックに挑むような度胸が、僕にはなかった。

単なる自己保身だ。

胃袋から熱いものが迫り上がってくる感覚。
生クリームのせいじゃない、罪悪感と自己嫌悪が元になって生じた苦い液体だ。
「くそっ……」
冷たい右手を握り締める。
湿度のある雨音だけがざーざーと、まるで僕を責め立てるように寝室に響いていた。
結局、この後は普通に朝食を食べて、いつものように時間をずらして登校した。
その間、光は絵について何も口にしなかった。
普段と同じようなテンションで、他愛のない話題を振っていた。
先程の一幕はなかったことにしたようだった。
流石の僕もそれを察して話題に触れなかった。
今までと同じように、スルーしたのだ。

第四章

『人生には流れがある』とは、どの本の一節だっただろうか。

良いことが起こっている時はしばらく良いことが続くし、その逆も然《しか》り。

多分今は、悪いことが立て続けに起こる時期なんだと思う。

学校に行くと、とある噂《うわさ》が立っていた。

昨日、僕と光が放課後にデートをしていたという噂だった。

僕が教室に踏み入れた瞬間、明らかに空気が変わった。

いつもの僕の存在感はそこら辺に生えている雑草並みのはずなのに、人気ヨーチューバーでも来たのかってくらいに視線を注がれた。

無論、その視線の種類は有名人に向けられるようなポジティブなものではなく、給食費を盗んだ犯人に向けられるようなネガティブなもの。

昨日の今日でこの空気の変わりよう。

心当たりは、ひとつしかない。

如月さんから周囲に伝わったのか。それともあのパフェ屋で、もしくは帰り道で同じ学校の生徒に目撃されたのか。

経路はどうであれ、僕にとってあまり好ましくない状況になっていることは事実だった。

多分、光にとっても。

経験したことのない数の視線に対しどのような振る舞いをするべきかわからず、僕はいつも通りを装って席についた。

背中に嫌な汗が伝う。内心は焦りと動揺で塗り潰《つぶ》されていた。

幸い、事情を聞きに来る者はいなかった。

ひそひそと、聞こえるか聞こえないかくらいの声量で様子を窺《うかが》っている。

「おはよう、天野くん」

いや、一人、声をかけてきた。

赤縁《あかぶち》メガネにサイドのおさげ髪。

彼女はクラス委員長の……そろそろ名前を覚えたほうが良いかもしれない。

「おはよう」

「突然でごめんなんだけどさ……昨日の放課後、雪白さんとその……デートしたって、本当？」

会話をする意思はない姿勢を示したつもりだったけど、委員長はいきなり核心を突いてきた。ふと背後を見ると、こちらを窺う何人かのクラスメイトを視認する。

自然とため息が漏れた。

どうやら僕と唯一会話を交わせる大使として、委員長に白羽の矢が立ったようだ。

少しだけ、同情する。

「デートかどうかは人の捉《とら》え方次第だけど、一緒に遊びには行った」

嘘《うそ》をついても仕方がないと思って、正直に答える。

委員長は「そっか」と呟《つぶや》いてから続けて尋《たず》ねてきた。

「どういう経緯で？」

「さあ……友達だから？」

「友達だからって……」

話せば長いしそもそも話すようなことでもないため、今度は曖昧《あいまい》な返答になってしまう。

委員長が困ったように眉《まゆ》をハの字にしていると、

「おはようございます」

渦中《かちゅう》の人物がいつもの落ち着いた挨拶《あいさつ》とともにやってきた。

教室内がどよめく。

「待ってたわよ光ちゃん！」

「おいおいどういうことか説明してくれよ光！」

あっという間にクラスメイトたちに取り囲まれる光。

「わっ、皆さんどうしたのですか？」

流石《さすが》に驚いたのか素が漏れる光に構わず、クラスメイトたちは次々に質問をぶつける。

天野とはどんな関係なんだとか、昨日の放課後デートに行ったのは本当なのかとか。

そんな感じのことを必死で尋ねていた。

光が、このクラスにおいて如何《いか》に大きな存在であるかを象徴しているような光景。

「み、みなさん落ち着いてください。結人くんとはお友達ですよ」

クラスメイトたちの怒濤《どとう》の質問ラッシュに、光はそんな返答をしていた。

添い寝のことは誰にも言わないという取り決めをしている以上、そう答えるしかないのだろう。それでも納得がいっていない様子で追及するクラスメイトたち。

困った表情の光を見て、心臓の奥がずきりと痛んだ。

今朝のこともあって、罪悪感は二倍増しだ。

自分なんかと関《かか》わったせいで、光に迷惑をかけてしまっている。

そんな思考に陥っていた。

◇

ひとまず、RINEで光にこの状況をどう乗り切ろうか聞こうと思った。

しかし、僕のメッセージ通知が他のクラスメイトに見られる不運が発生しては目も当てられないため、その考えはひとまず却下《きやつか》した。

午前中は休み時間になるたびに机に突っ伏し狸《たぬき》寝入りを敢行した。

寝入っている間に聞き耳を立てていたけれど、光への質問攻めも徐々に収まってきているようだった。人の噂も七十五日と言うけれど、このレベルの噂話は七十五分と持たないらしい。

無理もない。僕はコメントの一切を拒否しているし、光は『友達』の一点張りで通しているため、それ以上深掘りようがないのだ。

最終的には『あの雪白さんと天野に何かあるわけないよね』という、喜んでいいのかわからない結論に落ち着いたようだった。

ひとまず大事にはならなそうで安堵《あんど》する。

「ちょっと面《つら》貸しなさい」

安堵も束《つか》の間だった。

昼休み。

今日は雨のためどこで昼食を済まそうかと思案していた僕を……如月さんが呼び止めた。

昨日のインパクトのおかげで、かろうじて苗字《みょうじ》を覚えられていた。

「えっと、用件は？」

「言う必要、ある？」

ギロリと、昨日の何倍もの眼力で睨《にら》まれた。

ここで拒否出来るほどの気概が僕に備わっているはずもなく、引きずられるように人気《ひとけ》のない場所に連れていかれた。体育準備室という部屋だった。

教室の半分くらいの広さの空間に机や椅子《いす》、本や書類が入った本棚、よくわからない雑貨が入った段ボールなどが置いてある。如月さん曰《いわ》く、体育館倉庫に入りきらないあれやこれやを収納するだけの部屋、とのこと。

校舎から離れているため人の立ち入りはほとんどなさそうで、ぼっちにはなかなか良いスポットだと思った。

体育館倉庫と違って埃《ほこり》っぽくもないため、これからの寒い時期はここで昼食をとるのも良いかもしれない。

なんて呑気《のんき》な思考は、如月さんの第一声で消し飛んだ。

「どういうつもり？　ひーちゃんとどんな関係？」

如月さんの表情には凄《すご》みがあった。

ふざけた回答をしようものなら喉元《のどもと》を食い千切られるのではないかという、圧。

気分はさながらライオンに睨まれたチワワだ。

「雪白さんに聞かなかったの？」

「友達、らしいわよね」

私は騙《だま》されない。そんな意思の籠《こも》った目を向けられて、どうしたものかと黙考する。

添い寝のことを言うわけにもいかないし、ここは光と同じように友達で押し通すしかないと思った。

「いや、本当に雪白さんとはただの友達だよ」

「ただの友達なのに家までいくの？」

心臓が跳ねて飛び出すかと思った。

全身からさーっと体温が引いていく。

尾《つ》けられていたのか、と直感的に推測する。

「言っておくけど、尾けてたわけじゃないから。スクールが終わった後、やっぱり気になってひーちゃんの家に行ったら、家に入っていくアンタを見かけただけ」

なんという不運。

やはり、悪いことは立て続けに起こってしまうらしい。この場に運勢を司《つかさど》る神がいたら、少し運の配分が悪すぎないかと懇々《こんこん》と問い詰めたいくらいだ。

「……雪白さんとは、何もないよ、本当に」

良い言い訳も浮かばず、ただそう返すしかない。

煮え切らない様子の僕に痺《しび》れを切らした如月さんが踏み込んできて言う。

「ひーちゃんがどこの男とどんな関係になろうが、私は応援するって決めている。でも……」

真剣な表情が迫る。

はっと目が覚めるような、ローズの香りが鼻をつく。

一歩後ずさると、壁に背中が当たった。

「もしひーちゃんを泣かせるようなことをしたら、ぶん殴《なぐ》る」

これは警告だ、と言わんばかりのドスの利いた低い声。

一切の反論を許さないその剣幕に、僕は怯《おび》えてただ頷《うなず》くことしか出来ない。

そんな僕をつまらなそうに一瞥《いちべつ》した後、如月さんが去ろうとする。

「あ、あのっ」

反射的に、呼び止めていた。

「雪白さんって昔……何かあったの？」

なぜ、このタイミングで如月さんにこんな質問をしたのかはわからない。

付き合いが長い如月さんなら何か知っているのでは？

光に対しこれだけ感情的になっていることには、何か理由があるのでは？

今朝のことがあって、そんな思惑が働いていた。

「何か、って、何？」

如月さんが不審げに眉を顰《ひそ》める。

「その……何かトラウマがあるとか」

もう少し別の言い回しはなかったのだろうか。

僕の問いに如月さんは一瞬だけ目を見開いて、こんなことを尋ねてきた。

「あんた、なんで光が水泳の授業に参加していないか、知ってる？」

「え……水泳の授業、参加してないの？」

返すと、如月さんはどこか失望したようにため息をついて。

「自分で聞けば？」

突き放すように言って背を向けた。

これ以上話すことはないという拒絶。

「ああ、そうそう。あんたがひーちゃんの家に行ったことは、私しか知らないから」

最後にそう付け加えて、如月さんは部屋から去っていった。

僕の胸中には、言葉にしようのないわだかまりだけが残された。

◇

放課後、バイト先へ向かう途中にスマホが着信コールを奏でた。

『結人くん、大丈夫でしたか？』

予想通りの声が通話口から聞こえてくる。

「大丈夫。なんともなかった」

『そうですか……ならよかったです……』

ほっと息をつく気配。

『昼休み、りっちゃんにどこかに連れていかれませんでした？』

「あー……それは……」

僕は昼休みの出来事について、搔《か》い摘《つま》んで説明した。

最後のやり取りについては伏せた。

『ごめんなさい。私のせいで……こんな大事になるとは、思ってもいなくて……』

ちくりと、胸を針で刺したような痛み。光に謝らせてしまった事に対する罪悪感が湧《わ》き出て、僕は反射的にテキストを打ち込む。

「誰《だれ》のせいとか、そういう話じゃないから気にしないで」

『それでも、ごめんなさい。りっちゃん、私のことになると周りが見えなくなることがあって……』

「それは確かに……そのようだね」

恋人にちょっかいをかけた男を詰めるような形相《ぎょうそう》を思い出して苦笑いする。

『りっちゃんにはどこかのタイミングで、この関係のことを話そうかなと思っているのですけど……良いですか？』

「その辺りは任せるよ」

添い寝フレンドのことは誰にも話さない協約になっているけど、家に入るところを目撃されたとなると話は別だ。光と如月さんの関係のこともあるだろうし、そこを僕がどうこう言うのは違うだろう。

『良かった、ありがとうございます』

「いえいえ。ところで、光の方は大丈夫だったの？」

『平気です！　色々聞かれましたけど、お友達ですって言えば皆さん納得してくれました』

「それ、本当に納得してる……？」

『多分……大丈夫です。橘くんとかは、まだちょっと釈然としてなさそうでしたけど……』

橘……確か名前は隆太。

サッカー部のエースで、クラス、いや学年中の女子の人気を集めている男。

本来であれば光には、橘のようなハイスペックな男が隣にいるはずだろう。

こんな、僕なんかよりもずっと……。

ずきんと、胸に痛みが走った。

なんだ、今の。

『結人くん？　どうしました？』

「あ、いや……ごめん、ちょっとぼーっとしてた」

『あらら、寝不足ですか？』

「昨日は早く寝たから、そんなことはないと思う」

『くす、知っています』

何故《なぜ》か嬉《うれ》しそうな笑い声が聞こえてきた。

『ちなみになんですけど、昨日、北澤《きたざわ》さんと西森《にしもり》さんがパフェ屋さんにいたらしくて、そこから噂になったみたいです』

「なるほど」

如月さんが広めたわけじゃなかったのか。

『まあ、人の噂も七十五日と言いますし、しばらくしたら収まりますよ、きっと』

「それは同感。とりあえず、僕の方も何か聞かれたら友達って答えるようにするよ」

『ありがとうございます！　ごめんなさい、ご迷惑をおかけして……』

……迷惑をかけているのは、僕の方だ。

「……気にしない。あ、そろそろバイト先に着くから」

『今日はバイトなんですね。頑張ってください！』

「うん、ありがとう」

通話終了ボタンを押してスマホを仕舞う。

（今日は添い寝の日じゃ、ないんだな……）

そのことに、安堵している自分に気づいた。

今朝の一件のこと、クラス内での噂、如月さんの言葉。

色々な出来事が重なり合って、心の整理が追いついていない状態だったから。

◇

「どしたー、元気ないぞー？　三十点」

バイト中。

入荷した本をタイトル順に並べる業務の遂行《すいこう》中、雨宮先輩が背中を叩《たた》いてきた。

「痛いです」

「そんな強く叩いてないでしょーに。それで、どしたん？」

「なんでもないですよ」

「なんでもないにしては、さっきから手元が迷子のように見えるけど？」

「あ……」

言われて気づく。

タイトル順に並べていたはずが、順番が所々間違っていることに。

「すみません……ありがとうございます」

「素直でよろしい、七十点」

雨宮先輩も手伝いに入ってくれる。申し訳ない。

「ささ、何か悩みあるならお姉さんに話してみ」

「……いや、別にいいです」

「もしかしてー、添い寝フレンドちゃんのことで何かあった？」

「っ……」

「あら、八十点！　その反応を見る限り図星のようね」

にまにまと、なんとも腹の立つ笑みを浮かべる雨宮先輩。

「仮にそうだとしたら、なんなんですか？」

「なおさら私に相談してみるが良いよ！　女心はお姉さんの方が百倍わかる！」

「何を勘違いしているのかはわからないですけど、そういうのじゃないですから」

「じゃあ、何に思い悩んでいるの？」

「……別にいいですよ。聞くだけつまらない話です」

「……ふうん」

「なんですか」

「天野くんってさー」

さっきのニヤけ顔を引っ込めて。

真面目《まじめ》な表情をこちらに向けた雨宮先輩の言葉が、空気を揺らす。

「自分なんかが人の時間を奪うのは申し訳ない、とか思ってるタイプでしょ？」

文庫本を持つ手がぴたりと止まる。

「……だとしたら、なんですか？」

本を棚に収める。

自分の言葉に棘《とげ》みが増していることを自覚しつつも、努めて平静を装った。

装っていたから、ぽんぽんと自分の頭を撫《な》でる手に対して反応が遅れてしまう。

「……先輩？」

ワンテンポ遅れて驚いて、雨宮先輩の方を見る。

「いいんだよ、奪っても」

もう一度、撫でられた。

優しげに目を細めて、雨宮先輩は言う。

「そもそも人は、人の時間を貰《もら》わないと生きていけないの。だから、自分で自分の言動を無価値だって決めつけて、誰の時間も貰わないのは良くないよ。少なくとも私は、天野くんの時間が欲しいな」

その言葉は僕の心の奥底の、普段は蓋《ふた》を閉めて見えないようにしている部分に響いた。

「……ごめんなさい」

「ああっ、別に怒っているわけじゃないよ。天野くんも天野くんで、多分色々あったんだろうし」

患者さんを安心させるような笑顔は、逆に罪悪感を生じさせた。

「今、十七とかでしょう？　たくさん悩んじゃう時期だよね。こういうのは、お節介な大人に言われたことを『へー、そうなんだー』って聞き流していくうちになんとなくわかっていくものだから、心配しないで」

気を遣《つか》わせてしまったことも申し訳なくなって、押し黙ってしまう。

「ちょっと困らせちゃったかな」

雨宮先輩が片掌《かたて》だけ顔の前に立ててごめんねのジェスチャーをする。

「これ、お詫《わ》び」

続けて、いつものやつを差し出してきた。

白い掌《てのひら》に横たわる赤色のラッピングには『梅味』と書かれている。

「……すみません、梅、苦手なんですよね」

「ありゃりゃ。まあ、好みは分かれるよねえ。梅味じゃなかったら、受け取ってた？」

「かもしれません」

「そっか！　七十五点！」

何故か声を弾ませて、雨宮先輩は喜色をたたえた。

「前から気になってたんですけど、その点数は何を基準に決めてるんですか？」

「なんとなく！」

「先輩もですか……」

「も、って？」

「こっちの話です」

「ええー、気になるー」

「……いずれ話します」

「絶対だからね？」

僕は答えず、そのまま本の順番を直す作業を続ける。

「よし、こっちの棚終わり！　それじゃ私は休憩入るから、あとの整理はよろしくね」

「はい。お手伝い、ありがとうございました」

「気にしない気にしない」

雨宮先輩が去った後も、僕は自問していた。

何故僕が、こんなにも人の時間を奪うのに抵抗があるのか。

理由はわかっている。

わかった上で、どうしようもできない現状を受け入れている。

人の価値観や性格は、幼少期から思春期にかけての体験を通じて後天的に決まる部分も大きい。今の僕も、過去の経験や感情的なインパクトが形成しているのだ。

雨宮先輩が言った通り、色々あった。

あったことを踏まえても、今の僕の振る舞いが良くないという自覚も持っている。

その自覚は、光と出会って時間を過ごすうちにどんどん強くなっていっている。

人と関わる以上、このままではいけない。

わかっているのに踏み出せない、現状維持に努めようとしている臆病者が僕なのだ。

◇

僕を産んだその日に、母が他界したらしい。

らしい、というのは生まれたばかりの僕にはその記憶がなくて、物心ついてから情報として知ったからだ。

残されたのは、生まれたばかりの僕と、父。

いわゆる父子家庭になったわけだけど、僕には父と過ごした記憶がほとんどない。

妻に先立たれた父は、認めたくない現実から逃げるように仕事に没頭した。

父は強い人間ではなかった。

それは、同じ遺伝子を受け継《つ》いだ僕にはわかる。

たまに家に帰ってきたかと思えば大量のアルコールを摂取して、母の仏壇の前に座り込んで、寂《さび》しそうに背中を丸める父の姿を何度も目にした。

必然的に、僕は親戚《しんせき》に預けられがちの生活にならざるを得なかった。

僕を育ててくれたおじさんとおばさんも愛情深い人ではなかった。
父から養育費を貰っているから仕方なく面倒を見ている。
そんな気配を幼心ながらに敏感に察知していた。
自分からおじさんとおばさんに頼み事をするなんて、あり得ないことだった。
一度だけ、父にお願い事をした記憶がある。
嫌な記憶だ。
幼稚園の頃《ころ》。
誰かが、お父さんと遊園地に行って楽しかった的なことを言っていた。
いいな、って思った。
その日の夜。
母の位牌を前に背中を丸めた、アルコール臭い父に僕は言った。
──遊園地、行きたい。
ゆっくりと、彫りの深い、やつれ切った顔立ちがこちらを向く。
僕に向けられた父の目。
鋭くて、憎しみの籠った目。
その目を見て、僕の心臓が凍《こお》りついたのを今でも覚えている。

そんな僕に、父は言った。

――もう寝なさい、結人。

それだけ言って、父はまた母の位牌をぼんやりと見つめ始めた。

そんな父の反応を見て、思った。

ああ、僕はこの人に嫌われてるんだな、と。

嫌われている。

憎まれている。

ここにいちゃいけない。

僕は生まれてきちゃいけなかった。

僕には生きている価値がない。

歳《とし》を重ねるごとに自己否定は俯瞰《ふかん》的になって、深くなって、心の奥底に刻まれていって。

誰かが言う。

お前のせいで母は死んだ。

誰かが言う。

お前は生まれてこなければよかったんだ。

誰かが言う。
生まれてきてはいけなかったお前が、誰かに何かをして貰おうだなんて烏滸《おこ》がましい。
誰かが言う。
無価値なお前は、せめて誰にも迷惑をかけずに生きろ。
誰かの顔が浮かぶ。
長い黒髪。女の子の顔。
見覚えのある顔立ちだ。
クラスの人気者で、たくさんの者を魅了する彼女は、困った表情をしていた。
天野とどんな関係だと。
昨日の放課後ふたりで何をしていたのだと。
数多《あまた》の黒いシルエットが彼女に問い詰めている。
困った表情の彼女がこちらを見る。
目が合う。
鋭くて、憎悪が籠った、心臓が凍りつくような目。
彼女の顔の部分だけが、彫りの深い、やつれ切った、いつかの父のものになって。

皺《しわ》だらけの口が小さく、しかしはっきりと動いた。

お前のせいだ。

「――――っ」
弾《はじ》かれるように半身を起こす。
背中、首元、いや、全身にじっとりとした不快感。
「……っはあ……っはあ……はあっ……」
浅い呼吸を繰り返す。
息が苦しい。落ち着け。
深く息を吸い込んで、吐き出す。
破裂しそうなほど高鳴る心臓を宥《なだ》める。
何度も何度も深呼吸をして、ようやく落ち着いてきた。
五感が回復する。
まず、匂《にお》い。埃っぽい自室の匂い。
そして、音。時計の秒針が時を刻む音がする。

視界は真っ暗で何も見えない。

手探りで枕元を探ると、馴染《なじ》み深い感触を摑《つか》めた。

スマホを起動する。

眩《まばゆ》い人工の光に映し出された時刻は午前三時四十七分。

自分がパジャマではなく制服を着ていることから、昨日バイトが終わって帰宅した後、すぐにベッドに突っ伏して、そのまま寝てしまったことを思い出す。

どうりで寝苦しいわけだ。

スマホの明かりを頼りに電気をつけたあと、おぼつかない足取りで台所へ。

冷蔵庫から紙パックのお茶を摑み取って、喉へと一気に流し込む。

乾き切っていた喉が瞬時に潤《うるお》っていき、やっとのことで一息つくことが出来た。

「……くそっ」

空になった紙パックをぐしゃりと握り潰す。

夢の内容。今回ははっきりと覚えている。

昔の夢。

思い出したくないほどの悪夢。

もう随分と見ていなかったのに、何故このタイミングで……いや、理由はわかっている。

人気者で、多くの人に好かれていて、僕なんかよりずっと価値のある光に迷惑をかけてしまった。無価値な僕如《ごと》きが、彼女を困らせてしまった。

それが強い罪悪感となって悪夢を呼び起こした。

幼少の頃から長い時間をかけて刻まれていった強い自己否定は、脳髄《のうずい》の奥まで呪詛《じゅそ》のように絡み付いていた。

（……やっぱり、僕と光は……）

関わるべきではなかったんじゃないか。

そんな考えが脳裏を過《よ》ぎる。

それは僕の中で深い確信となって、ある決意を少しずつ形作っていくのであった。

◇

翌日、金曜日の空も泣いていた。

冷たい雨が町を濡《ぬ》らしている。

昨晩、変な時間に目覚めたせいか朝から瞼《まぶた》が重かった。

まだ少し残っているインスタントコーヒーを流し込んでから登校する。

また今日も奇異の視線を向けられるのかと緊張しながら教室に入るも、昨日のような注目はなくなっていた。

何人かチラチラとこちらを見てくる人はいたけど、この程度はいつものことだ。

ほっと息をつく。

噂は七十五日どころか、七十五時間も持たなかったようだ。

席に行こうとした僕に、赤縁メガネの女子生徒が声をかけてきた。

「おはよう、天野くん」

「……おはよう」

彼女はクラス委員長の……。

「昨日はごめんね？　急に変なこと聞いちゃって」

おさげの髪がぺこりと下がる。

「いや、気にしてないよ」

「そっかそっか、それならよかった」

「……それじゃ」

「うん」

いつものように立ち去ろうとして。

ふと、尋ねた。

「委員長の苗字って……平田だっけ、平山だっけ？」

僕の問いに委員長はぽかんとした後、目をくわっと見開いた。

「えっ、えええー⁉　今更⁉」

「ご、ごめん、人の名前を覚えるの、苦手で……」

「いや、気持ちはわからないでもないけどさー」

軽くショックを受けた様子の委員長を見て、何故聞いてしまったんだと後悔が湧いた。

「平川だよ、平川彩《あや》！　もう、今日は覚えて帰ってね」

「平川さん……平川さんね。わかった、ありがとう」

「さん付けじゃなくていいよ、クラスメイトなんだし」

「わかった」

なんだか似たようなやりとりを以前、したような気がする。

「それにしても珍しいねー、天野くんの方から話を振ってくれるなんて」

「自分でもそう思う」

「何それ、変なの」

僕だって、変だと思った。

自分から人の苗字を尋ねるなんて、以前の僕には見られなかった行動だ。

人との関わりの一切をこちらから拒否していたから。

良いか悪いかはさておき、光との交友は少しずつ僕に変化をもたらしているようだった。

◇

朝から続く疲労感と眠気が全く取れず、午前の授業は何度も寝落ちしそうになった。

授業は聞かねばと睡魔と攻防するも虚《むな》しく、四時間目で限界が来て机に突っ伏してしまう。

目が覚めると、昼休みが十分ほど経過していた。

危ない、昼食を逃すところだった。

登校中に購入した背脂チャーシュー弁当と缶コーヒーが入ったコンビニ袋を手に取る。

席を立った際、なんとなく教室の真ん中あたりを見た。

光を中心としたグループが、いつものあたりで昼食をとっている。

光の姿は見当たらなかった。

どこに行ったのだろうと気になりつつも教室を出る。

今日は雨のため屋上は使えない。

どこで昼食をとろうかと考えた時、ふと、如月さんに連れ込まれた体育準備室が頭に浮かんだ。あそこはなかなか、一人で昼食をとるには良い場所だったように思う。

「行ってみるか」

人がいたらいたで、また別の場所を考えればいい。

体育館の方へ足を向ける。

廊下の隅っこを足早に歩くこと数分で、体育準備室の前にやってきた。

ノブを回そうとしたその手が、止まった。

ドア窓から二つの人影が見えたからだ。

どうやら先客がいたようだと、落胆を覚えるも束の間。

「……え？」

二つの人影には見覚えがあった。

光と、橘だった。
橘はいつもの爽《さわ》やかな笑みを浮かべている。
対面の光は後ろ姿なので表情は窺えない。
僕は周囲を見回し、人の気配がないことを確認する。
(聞き耳は、良くない……けど……)
そう思いながらも、ドアに身を寄せて意識を耳に集中させてしまう。
……ごめんよ、光！　昼休みの時間、貰っちゃって。
……いえいえ、お気になさらないでください。それで話って、なんでしょうか？
間があった。
なぜか、僕まで緊張してきて背中にじんわりと嫌な汗が浮かぶ。
……本当に、天野とは何もないんだよな？
いつもの軽い調子とは違う、真面目な声色で橘が尋ねる。
……はい。何度も繰り返しになり申し訳ないのですが、結人くんとはお友達として
お付き合いさせていただいてます。
……皆の前では何か話せない事情があるとか、じゃないよな？　もしそうだとしたら
と思って、場所を変えたんだけど。

ぴくりと、光の指先が震える。
……お気遣《きづか》いありがとうございます。でも、本当に何もないですよ。
……そっか……そうなんだな。
橘の表情は、わかりやすく安堵に包まれていた。
瞬間、確信した。
思い返す。
確か、橘の光への接し方は、異性に好意を寄せている男子のそれだった。
積極的に話しかけて、如月さんに怒られている場面を何度も目にしている。
橘は、光のことが好きなのだ。
ずきりと心臓に鋭い痛みが走った。
気がつくと、駆け出していた。
一刻も早くこの場から立ち去りたかった。
息切れするくらい走って、男子トイレの個室に駆け込んでから、思った。
（やっぱり光には……僕なんかじゃなくて、橘みたいな……）
自己嫌悪、自己否定。
腐《くさ》った重油のように、嫌な感情が渦巻《うずま》く。

結局、この日は昼食をとらなかった。

◇

土曜日、日曜日と、ぼんやりと過ごした。

昼まで寝て、コンビニ弁当を食べて、本を読んで、ヨーチューブを見て、カップ麺《めん》を食べて、寝て、起きてヨーチューブを見て、また寝て。

胸中を渦巻くもやもやから目を背《そむ》けた。

光のことを、なるべく考えないようにした。

週明けて月曜日、光からRINEが来た。

ひかる『今夜、添い寝しませんか？』

その文面を見て、僕は橘の気持ちが実らなかったことを察した。

もし告白が受け入れられていたとしたら、添い寝の誘いは来ないはずだから。

橘に対し、申し訳ないという気持ちが湧き起こる。光の胸の内はわからないけど、告白を断った理由の一端には僕との関係性も絡んでいるだろう。

気がつくと、僕の指はこう返していた。

天野結人『ごめん、今日はちょっと厳しい』
ひかる『あら……何か予定があるとかですか？』
天野結人『そんなところ』
ひかる『そうですか……残念です。またお誘いしますね』
もちろん、予定なんてなかった。
その日は帰って、ヨーチューブを見て、寝た。
その週は他にも二回、光から添い寝の誘いが来た。
二回とも断った。電話も何回か来たけど、取らなかった。
学校内でも、光と極力目を合わさないようにした。
意識的に、光を避けた。
自分でも、どうすれば良いのかわからなくなっていた。
だから、逃げた。いつかの父と同じように。
見たくない現実から目を逸《そ》らし続けた。

第五章

週明けて、月曜日。

いつの間にか、月は変わって十一月に入っていた。

ようやく晴れ間がのぞいたかと思えば、思わず身震いするような寒さが町を覆っている。

午後九時。

書店バイトが終わって自動ドアを潜《くぐ》り抜けると、背筋にぞわりと冷たいものが走った。

寒さのせいではなかった。

「……光」

「お疲れ様です、結人くん」

ぺこりと、光が行儀良くお辞儀をする。

彼女は私服だった。
白のニットに黒のミニスカート、足元は黒タイツとローファーに包まれている。
いつもは制服か寝巻き姿のため、私服は新鮮だった。
光が顔を上げる前に僕は視線を背けた。
何を言われるか、想像がついていたから。
「私のこと、避けてますよね？」
視線は戻さない。
「どうしてですか？」
声色は不安げだった。じくじくと湧《わ》き上がる罪悪感。
なんて返そうか、いくつもの候補が頭に浮かぶ。
その中で、おそらくこれがお互いにとってベストであろう言葉を決める。
光はどんな反応をするだろうか。
（多分、怒るだろうな……）
だとしても、もう言うしかないと思った。
（いや、案外、はいそうですかで終わるかも……）
光からすると、僕という存在はさほど大きくはないはずだ。

そうであることを願った。そうであってほしいという願望だった。

深い呼吸を何度も繰り返して。

この場からすらも逃げだしたい衝動をなんとか押し込めて。

「もう、添い寝は……しない方が良いと思う」

やっとのことで言ってから、ようやく、視線を戻すことができた。

息を呑《の》んだ。

「どうして、ですか……?」

震える声。

「私、何か悪いことしましたか……?」

光は、今にも泣きそうな顔をしていた。

親に「いらない子だ」と言われた子供みたいに。

僕が、紛《まぎ》れもない僕自身が、彼女にこんな顔をさせてしまった。

足元が崩れてしまいそうなほどの自責の念が到来する。

「理由……理由を、話してほしいです……」

一歩、光は近づいてきた。

一歩、僕は後ずさった。

言わないと。

「やっぱり、僕と光は一緒にいるべきじゃないと思うんだ。一緒にいると、変な噂《うわさ》が立てられるし、光に……たくさん迷惑をかけることになる」

「わ、私は迷惑だなんて、思ってません！」

「いいよ、気を遣《つか》わなくて……教室で、僕のことで質問攻めされている時、光は困ってたじゃないか」

「た、確かにちょっと困ったかもしれませんけど……でも、あれくらいで迷惑とは……」

わかってる。

光が、本気で迷惑がってはいないことは。

「とにかく、光は僕なんかよりも……橘とか、如月さんのような、君のことを本気で想《おも》っている人と一緒にいるべきだ」

「それは違います！」

強く否定されて、びくりと肩が震える。

「私が、誰《だれ》と一緒にいるのかは、私自身が決めることです！」

その通りだ。わかってる。

「そうにしても、僕なんかよりさ……」

「なんか、なんて言わないでください……結人くんは今、私の中で一番、一緒にいたい人です！」

「いや、そんなわけないじゃないか」

「そんなわけあります！」

「いいから！」

強く、言葉を遮《さえぎ》った。

このまま話を続けたら、僕に反論する手立てがなくなることは目に見えていたから。

「……そんなわけ、あるはずないから」

添い寝フレンドを解消することに関して、筋が通った正当な理由があるわけではない。

あるのは僕の感情的な問題だ。

親に、親戚《しんせき》に、友人に。

たくさんの人々によって蓄積された強い自己否定が、光のそばにこれ以上いるべきではないと、首筋に鋭利なナイフを押し当てるように迫っているのだ。

「どうしても……だめなんですね……」

白磁のような頬《ほお》に、一筋の雫《しずく》が伝う。

これ以上何を言おうと、僕の意思は変わらない。

そんな気配を、光は察知したようだった。

「わかりました」

光が目元を袖《そで》で拭《ぬぐ》う。

「今まで、ありがとうございました」

最後に彼女は、気丈に笑った。今まで見た中で一番、寂《さび》しそうな笑顔だった。

表情がくしゃりと歪《ゆが》む前に、彼女は身を翻した。

小さくなっていく背中を見つめながら、これでいいんだと自分に言い聞かせる。

どこか晴れやかな胸中とは裏腹に、僕は爪《つめ》が肌に食い込んで血が滲《にじ》むくらい強く手を握り締めていた。

「……最低だ」

しばらくその場から、動くことができなかった。

◇

家にたどり着く頃《ころ》には、十時を回っていた。

玄関に足を踏み入れた途端、ツンとした刺激臭が鼻をついて思わず顔を顰《しか》める。

ここ一週間、食事に使った食器を洗わずそのままにしていたため、台所はなかなか悲惨なことになっていた。

どちらかというと綺麗《きれい》好きの性分のため、ここまで放置することはないはずだけど、どうにもやる気が起きなかった。

無気力、という状態が近いのかもしれない。

『心の健康が乱れたら、まず私生活で出来ていたことが出来なくなる』とは、どの本の一節……いや、考えるのはよそう。

昨日までは洗っていた手もそのまま、自室に直行しベッドに突っ伏した。

シーツから汗とカビの匂《にお》いがする。臭い。

薄い壁を通じて外から犬の鳴き声がする。うるさい。

身体《からだ》が捉《とら》える刺激全てに嫌気が差した。

もう、全部嫌になっていた。

先ほどからずっと、光とのやりとりが頭の中でぐるぐるしている。

かつてない自己嫌悪が身体中を駆け巡り胃酸が逆流しそうだった。

拳《こぶし》を握り締めて、直視を避け続けていた事実に目を向ける。

光に迷惑をかけたくないなどというのはただの建前だ。

結局は自分が傷つきたくないだけだった。

看病してくれた恩返しをしたい。

そう自分で決めて、光の要望である添い寝フレンドになったのに、いざ僕が傷つきそうになったら中途半端に関係を切る。自分を守るために逃げて逃げて逃げて、取り返しのつかないほど光を傷つけてしまったのだ。

僕はクズだ。

こんなクズ、今すぐにでも死んだ方がいいんじゃないか。

衝動に任せて拳をベッドに叩《たた》きつける。

安物のマットレスはひ弱な僕の打撃すら吸収できず、拳に鈍《にぶ》い痛みをもたらした。

余計にイライラが募《つの》る。

だめだ、嫌なことしか考えられない。そのまま夢の世界に逃げたいと思ったけど、まだ時間も早いため眠気が到来する気配もない。

立ち上がる。

台所に行き少量の水を入れた鍋《なべ》を火にかけ、お馴染《なじ》みの激安コーヒーの粉末をコップに入れる。ちょうどスティックはこれでお終《しま》いだった。

美味《おい》しいコーヒーを飲める伝《つて》はなくなってしまったため、また新しく買いに行かないといけない。

沸《わ》いた湯をコップに注いでスプーンで混ぜ、少し冷ましてからコップに口をつける。

「……まっず」

今まで飲んできて一番まずい。

飲むに堪《た》えないと思ったのは初めてだ。

二口で、流しに捨てた。

底が黒ずんだコップを洗う気にはなれず、そのままシンクに放置した。

ふとその時、荒れ果てた台所のなかで唯一、綺麗に洗ってピカピカの水筒が目に入った。

いつかの日に、光がコーヒーを入れて渡してくれた水筒だ。

彼女が淹《い》れるコーヒーは絶品だった。先ほど飲んだコーヒーとは雲泥《うんでい》の差だ。

光と添い寝した日々は幻だったのではないかという疑いも、彼女が淹れてくれたコーヒーの味が霧散させる。それほどまでに、僕の味覚に強烈な印象を残していた。

「どうしよ……」

結局、水筒を返すタイミングを逃してしまっていた。
借りパクするわけにもいかないし……いや、今は何も考えたくない。
部屋に戻る。倒れ込むようにベッドに転がる。
灯《あか》りの眩《まぶ》しさから逃れるように目に腕を当てて、呟《つぶや》く。
「……これでいい」
もはや、そう自分に言い聞かせるしかなかった。
「…………これでよかったんだ」
少しでも早く関係性を解消して、これ以上、お互いに嫌な思いをせずに済んだ。
そうやって自分を正当化するしかない。
「…………これでいいんだ」
これでいいはずなのに。
胸の中のモヤモヤは全く消えそうもなかった。
結局、それからは日付が変わるまでヨーチューブを徘徊《はいかい》した。
目の疲れを感じてアプリを落としてから、電気も消さず枕に突っ伏した。
制服のままでお風呂《ふろ》も入ってないけど、そこはかとなくどうでもよかった。
ひとりぼっちの寝室。秒針の音だけが鼓膜を揺らす。

眠りに落ちるまでの間、冷たい風が肺のあたりを吹き抜けていた。久しく発症していなかった心の低温症は、過去一番の威力を以《もっ》て僕の感情を揺さぶっている。

光との添い寝……いや、添い寝だけじゃない。

光とのＲＩＮＥのやりとりや、光との会話。

光と飲むコーヒーも、光と囲った食卓も、光と行ったパフェ屋も。

光と見るヨーチューブの動画も、光と歩く帰り道も、全部そうだ。

光と過ごす時間の全《すべ》てが、僕が抱えていた『寂しい』という感情を打ち消してくれていたのだと、改めて思い知るのであった。

◇

翌朝、火曜日。

昨夜は制服のまま就寝してしまったせいか、いつもより早めに目が覚めてしまった。

妙に身体が重い。二度寝する気にもなれず、活動を開始することにする。

目覚めのコーヒーを飲もうとするも、昨晩スティックを使い切ってしまったことを思い出す。今日のバイトは休みだ。帰りがけのスーパーで購入しよう。

そのままいつもの登校時間までだらだらしたあと、ぼーっとした頭のまま登校する。

「おはよう、天野くん」

教室に入るなり、赤縁《あかぶち》メガネの女子が声をかけてきた。

「おはよ………平川さん」

「あっ、覚えてくれた」

平川さんが表情を明るくする。

「流石《さすが》に昨日の今日だからね」

とは言いつつも、この前は五秒で名前を忘れていた。

他人に関する記憶フォルダの容量を、少しは空けられるようになったのかもしれない。

「名前を言うまでに、ちょっと間があったような気もするけど」

「気のせいだよ、きっと、きっと」

「きっとって、何よそれー」

軽口を叩《たた》いてから席につき、いつものようにクイズチョップの動画を見始める。

しかし、どうもクイズに集中できない。

ふわふわと地に足がつかない心持ちだ。

もうすぐ、光がやってくる。

お互い学校で関《かか》わらなかったとはいえ、昨日の今日だとどうしても気になってしまう。

目があったらどうしよう。

廊下を歩いている時、たまたま二人きりで出くわしたらどうしよう。

そんな憂慮とは裏腹に、光はいつまで経《た》っても教室に姿を現さなかった。

予鈴が鳴る十分前。

おかしい、この時間ならいつも光は登校しているはずだ。

あれだけ熱中していたクイズチョップの動画が全然頭に入ってこない。

何かあったのだろうかとずっと、光のことを考えていた。

……そうやって外部の情報の一切を遮断していたから。

大きな足音を立てて僕の席に近づく存在に気づかなかった。

「なに呑気《のんき》にヨーチューブなんか見てんの」

突然、右耳の音が現実に引き戻された。

誰かにイヤホンをもぎ取られた、そう理解するも束《つか》の間、後ろ襟《えり》を摑《つか》まれ物凄《ものすご》い力で引き上げられた。椅子《いす》がけたたましい音を立てる。

強制的に席を立たされてようやく驚きが追いついてきた。
振り向くと、如月さんの物凄い形相が目の前にあった。
ローズの香りが薔薇《ばら》の棘《とげ》のように鼻腔《びこう》を刺す。
突然の出来事に、状況を理解することが出来ない。
唯一理解できたのは、如月さんがブチ切れているということくらいだ。
教室内も何事かと静まりかえっている。
「来い」
短く言われて、首根っこを掴まれた猫のように教室の外に連れ出される。
人気《ひとけ》のない、階段の裏まで連行されるなり胸ぐらを掴まれた。
「言ったよね、ひーちゃんを泣かせたらぶん殴るって」
瞬間、ばちんっと鈍い音が響いた。
視界に散る火花。遅れて、頬《ほお》に熱い痛み。
衝撃で倒れそうになるのを、よろけながら耐える。
「グーじゃないだけでもありがたいと思いなさい」
頬を押さえると、掌《てのひら》から熱が伝わってきた。
かなり強い力で叩かれたらしい。

人生で初めて食らった平手打ちは、頬よりも心が痛いと感じた。

「昨日、ひーちゃんに呼ばれて家に行ったの。そこで、全部聞いた。添い寝のことも、経緯も……昨日、天野がひーちゃんに何をしたのかも」

状況を理解するには、その一言で十分だった。

「なんで？　なんでなの？　なんであんた、ひーちゃんにあんなひどい事を言ったの？」

「……悪かったとは思ってる」

それは本心だ。

「理由を聞いてるの！」

「……言ってもわからないよ」

じくじくと痛む良心を押し込めて言う。

僕の情けない真意を理解して欲しいとも思っていないし、ここで自分語りをする気にもなれなかった。言葉にしたら、自分に言い聞かせている『これでいいんだ』が崩壊してしまう気がしたから。

怒りに震える如月さんを、虚《うつろ》な目で見つめて言う。

「もう、終わったことだから。光には申し訳ないけど、これでよかったと思ってる。

心配しなくても……光は僕なんか、すぐに忘れるよ」
「あんたねえっ……」
如月さんが拳《こぶし》を握り締めた。
もう一発、今度はグーでくるのかと反射的に目を瞑《つぶ》る。
しかし、いつまで経っても衝撃はやってこない。
「見なさい」
恐る恐る瞼《まぶた》を上げると、一枚の紙が目の前にあった。
ノートの一ページ。
B5サイズほどの紙面には、鉛筆で絵が描《か》かれていた。
僕が、一番馴《な》染《じ》み深いものが。
「これって……」
僕の、似顔絵だった。
——何してたの？
——えっ？　ああ、いや、特に何も？
思い出す。
初めて添い寝した翌日、寝起きに光が何かを隠していたことを。

――あの、最後のページの絵についてはですね、別に深い意味はなかったというかなんというか……。

――最後のページ？　ごめん、途中までしか見ていなくて……何が描かれてるの？

――あっ、いやえっと……見てないのでしたら大丈夫です！　ただの絵なので！

思い出す。

光のノートを見た朝の会話を。

言葉を失った僕に構わず、如月さんが口を開く。

「ひーちゃんは、絵に関して天才的な才能を持っていたの。県のコンクールで最優秀賞も取ったことがある。ひーちゃん自身も、絵を描くことが大好きだった」

驚きはなかった。光の絵は県のコンクールはおろか、プロの作品だと言われても遜《そん》色《しょく》ないレベルだったから。

「それが、家族といろいろあって……ひーちゃんは絵を、描けなくなった」

――絵はもう、いいんです！

思い出す。

僕が絵をコンクールに出さないかと勧めた時の、光の悲痛な表情を。

薄々勘づいていた。家庭なり友人関係なり、光は何か問題を抱えているのではと。

おそらく、僕が思っている以上に相当なことがあったのだ。

あれだけの技量と熱量を持ちながらも、筆を折ってしまうようなことが。

「だからひーちゃんが、こうして絵を描いたのは凄いことなの。それも、あんたの絵をね」

思い出す。

光が、『自分が好きだと思ったものしか描けない』と口にしていたことを。

流石の僕でも、気づいた。

僕なんか、じゃない。ましてや無価値なんかじゃない。

光は僕のことを、どうでもいい存在だなんて思っていなかった。

「あんたがひーちゃんを変えたの。他でもない、あんた自身が」

今まで、変わったのは僕だけだと思っていた。

違った。光も、僕という存在によって影響を受けて、変化をしていた。

その事実は、僕の根底にあった卑《ひ》屈《くつ》さを徐々に溶かしていった。

「それくらい、あんたはひーちゃんにとって大切な存在なの！」

如月さんの言葉に、胸に温かいものが湧《わ》き上がる。

光は誰にだって優しいだけで、どうせ僕のことなんか……。

そう思ってたけど、違ったんだ。

生きてきた中で初めて実感した、『誰かが自分を特別に想ってくれている』感覚だった。

「天野がひーちゃんのことを嫌いなら私はもう何も言わない、けど……」

胸ぐらを両手で掴まれる。

潤《うる》んだ両の瞳《ひとみ》が僕の目を真《ま》っ直《す》ぐ捉える。

「少しでもひーちゃんのことを想っているのなら……そばにいてあげて」

懇願するように如月さんは言った。

同時に、予鈴のチャイムが鳴り響く。

「……ごめん、熱くなった」

胸ぐらから手を離して、如月さんは深く息をついた。

「叩いて、ごめん。でも、さっき言ったことは、本心だから」

念を押すように言ってから、如月さんが背を向ける。

「先戻るね」

どこかおぼつかない足取りで彼女は教室に戻っていった。

一人残されて、考える。

このまま何もしないのは簡単だ。
今まで通りにすればいい。
行動せず、時間が解決してくれるのを待つ。
聞かなかったことにして、自分は関係ないとスルーすればいいだけだ。
——本当にそれでいいのか？
「……いいわけ」
——また今までのように逃げて、お前は本当にそれでいいのか？
「いいわけ、ないだろうが」
意思の籠《こも》った声。
このままじゃいけない。
今まで思いもしなかった、変化を求める強い気持ちをはっきりと自覚する。
それはむくむくと大きくなって、ある決心を僕の中に抱かせた。

◇

結局、光は学校を休んだ。

担任の先生曰《いわ》く、体調不良とのこと。

今日は、僕に刺さる視線の数が多かった。

朝の如月さんとの悶着《もんちゃく》もあったから当然のことだ。

光が学校を休んだのは、僕が原因なのではないか。そんな声も聞こえてきた。

でも、気にならなかった。ずっと考えていた。

僕は、どうすればいいか。

とりあえず光と話さないといけない。しっかりと謝らなければいけない。

言うのは簡単だ。

だけど、僕の臆病な部分が、弱さが、その決断を邪魔していた。

光とちゃんと話をしたいという欲求と、話すのが怖い、余計に嫌われるかもしれないという恐怖がせめぎ合って訳がわからなくなっていた。

それに、謝った後でどうする？　どうしたい？

この期《ご》に及んでまた添い寝フレンドになろう、なんて切り出すのか？

光にあれだけのことをしておいて？

考えれば考えるほど、答えのない迷路にハマって抜け出せなくなった。

自分一人で抱え込むのは、もう、限界だった。

学校が終わってすぐ、僕は教室を飛び出した。

その足を必死に動かして書店に向かう。

今日はバイトの日ではない。

だけどシフト的に今日は、あの人が書店にいるはずだ。

「いらっしゃいま……あれ、天野くん？　今日、シフトじゃなかったよね？」

お目当ての人物……雨宮先輩は僕を見るなり目を丸めた。

「何か買いたい本がある……ってわけじゃ、なさそうね」

息を切らし憔悴《しょうすい》し切った僕を見て、雨宮先輩の表情が真面目《まじめ》なものに変わる。

「先輩……少し、時間いただけませんか？」

単刀直入に切り出すと、彼女は目を瞬かせて。

「いいよ。十分でも一時間でも、持っていきなさい」

ふっと口元を緩ませて言った。

「あ、ありがとうございます……すみません、バイト中に……」

「気にしない！　可愛《かわい》い後輩くんのお困りごとだもん、おねーさんが力になるよ！」

任せなさいと、雨宮先輩が胸を叩く。

ひとりで袋小路に陥っていた僕にとって、雨宮先輩の存在はとても心強かった。

「よし、じゃあ今から事務室で話そ！」

「い、今からですか？　休憩時間とか、バイト後とかにと思ってたんですけど……」

「その様子じゃ、結構切羽詰《せっぱ》まっているんでしょう？　大丈夫大丈夫！　今日はタッと一緒に入ってるから、なんとかなるって」

「あれ、天野くんじゃん。どうしたの？」

雨宮先輩の高校の時の同級生にして、彼氏さん。

タツこと須川《すがわ》達郎先輩が、奥からひょっこりとやってきた。

須川先輩はひょろっと背が高くて、色白で、知的そうな眼鏡《めがね》をかけている。

いかにも理系、といった風貌《ふうぼう》の大学生だ。

「ちょうどいいところに来た！　タツ、しばらくワンオペ頼める？」

「え、マジで？　割と忙しい時間帯だと思うんだけど」

「可愛い彼女の三日分のお願い！」

「葵《あおい》のお願い、トータルで人間の寿命分くらい溜《た》まってるんだけど、覚えてる？」

てへりと雨宮先輩が舌を出すと、須川先輩は大きなため息をついた。

「いいよ、任せて」

「さっすがタツ！　大好き！」

「はいはい、知ってますよ」

「須川先輩、本当にすみません。ありがとうございます」

「ああ、気にしないで。無駄にバイト歴は長いから、なんとかなるさ」

余裕の笑みを浮かべる須川先輩。

雨宮先輩が惚《ほ》れる理由もわかる気がした。

「じゃ、行こっか！」

雨宮先輩と一緒に事務室に移動する。

事務室は四畳ほどのこぢんまりとしたスペースに、机と椅子が置いてある。

「ささ、とりあえず座って」

僕の対面に、雨宮先輩が腰を下ろした。

「それで、どうしたの？」

「えっと……何から話すべきか迷いますが……」

散らばった要素を少しずつ組み合わせて、話を始める。

「実は僕には、添い寝フレンドがいまして」

「うん、だと思った」

「驚かないんですね」

「今更感？　天野くん、全部態度に出ちゃうんだもん」

「自覚はあります」

「それで、その添い寝フレンドちゃんはなんていう名前なの？」

「光、と言います」

「光ちゃんね。どういう経緯で添い寝フレンドに？」

「えっと……」

そこからは掻《か》い摘《つま》んで、説明した。

光のこと、あの雨の夜のこと。

光からの要望で添い寝フレンドになったこと。

添い寝フレンドになってからの日々や、学校で噂になったこと。

僕なんかが光のそばにいるべきじゃないと、添い寝フレンドを解消したこと。

光の友人に怒られたこと。

その友人の言葉で、自分の行動は間違っていたと気づいたこと。

まずは光に謝りたいと思っていること。

だけど、光と話をする勇気が出ないということ。

光の絵に関することや、僕の過去については話が長くなると判断して省いた。

話を遮ることなく、雨宮先輩はうんうんと頷《うなず》きながら聞いてくれた。

「ようは、友達と喧嘩《けんか》したから仲直りしたいって話ね」

一通り話し終えてすぐ、雨宮先輩は言った。

「ざっくり纏《まと》めると、そういうことになりますかね？」

「うん、仲直りすればいいじゃない」

「仲、直り……」

「いや、何初めて聞いたみたいな顔をしているの。もしかして……仲直りしたことがないとか？」

「はい」

冗談めかして尋《たず》ねてきた雨宮先輩に即答する。

「……マジで？」

「そもそも、友達というものが出来たことがなくて」

「………マジマジのマジで？」

流石に予想外だったのか、天然記念物を見るような目になる雨宮先輩。

「友達少なそうだなーと思ってたけど、そっかー、まさかのゼロだったか」

「すみません……」

「いや、謝ることじゃないから！　友達を作る作らないは、人それぞれだと思うし……でも確かにそれだと、仲直りは勇気のいることだよね」

雨宮先輩が優しく語りかけてくる。

「今、怖いでしょう？　もっと嫌われたらどうしようって不安だよね？　わかるよ、おねーさんにも経験あるから」

その言葉に、瞼の奥にじんわりと熱が灯《とも》った。

誰かに気持ちを共感してもらうことは、こんなにも嬉《うれ》しいことなのかと初めて知った。

「確かに、世の中には悪意に満ちた人もいる、言葉が通じない人もいるし、関わらない方がいい人もいる。でも、安心して。そんな人よりも、いい人も世の中にたくさんいるから！　例えばそう、私みたいな！」

「雨宮先輩は、とてもいい人だと思います」

「おおう、真面目な顔で言うなし。照れるじゃないの」

「自分で言ったんじゃないですか」

「さっきのは天野くんが『またまたご冗談を』って返して、私が『なにおう⁉』と怒るまでがセットだよ！」

「僕には難易度が高かったようです」

「まあ、こういうノリというか、お決まりの返しみたいなのも友達との関わりの中で培《つちか》っていくものだしね」

「なるほど……」

確かに、ノリやお決まりの会話の流れといったものは一人では身に付かない。

社会生活を営む上ではやはり、友達は作った方が良さそうだ。

「それはともかく、思い出して。光ちゃんは、どんな子？　素直にごめんなさいをした相手を許さないような、ひどい子なの？」

思い出さなくても、わかる。

「……ひどい子じゃ、ないです。とても優しくて……良い子です」

僕なんかにはもったいないような、という言葉をすんでのところで飲み込んだ。

この卑屈さが、全ての元凶なのだ。

「うん、だよね。だったら、大丈夫じゃん」

にこりと、人を安心させるような笑顔で雨宮先輩は言う。

雨宮先輩はやっぱり、いい人だと思った。

雨宮先輩だけじゃない。

如月さんも、平川さんも、須川先輩も。
そして、光も。
皆、皆、いい人だ。
それなのに、勝手に僕が悪者にしていた。
どうせ僕のことなんか、そのへんに生えている雑草くらいに思ってるのだろうと。
どうせ僕のことを見下しているんだろうと。
自分から壁を作って、相手のことを知ろうとしなかった。
人とちゃんと向き合ってこなかった。
やっと、気づいた。
かつての悪夢。
響いていた、誰かの声。
『お前は生まれてこなければよかったんだ』
『無価値なお前は、せめて誰にも迷惑をかけずに生きろ』
『お前のせいだ』
あの声は全部、全部——僕の声だ。
幻想を作り出していたのは他でもない、自分自身だったのだ。

「その上で聞くけど」
雨宮先輩が僕の目を見て問う。
「天野くんは、どうしたい？」
「僕は……」
思えば、今まで何もせずに生きてきた。
自分のしたいこと、こうなりたいという願望。
そのほとんどを、諦《あきら》めてきた。
どうせできっこない。面倒臭い。
もし挑戦したとして、余計に自分が傷つくならやらない方がいい。
そうやって、何もしなかった。
行動しないことには何も始まらない。
待っていれば他人が全部してくれて、自分の望んだようになるなんて大間違いだ。
もちろんこのまま何もしないのも、それはそれでひとつの選択だろう。
今までずっと、そうしてきたのだ。
(でも僕は……変わりたい)
勇気を出して、添い寝フレンドになりたいと光が言葉にしたように。

心の奥底。

ずっと蓋《ふた》をしていた場所から言葉が飛び出して、空気を揺らす。

「仲直り、したいです」

「うん、じゃあ行ってきなさい」

もう、迷いはなかった。

「はい……！」

ガッチリと固まった意志は全身に力を漲《みなぎ》らせる。

雁字《がんじ》搦《がら》めだった鎖《くさり》を全て断ち切ったように、心には青空が広がっていた。

「雨宮先輩、ありがとうございました。おかげで、頑張れそうです」

「おおっ、それならよかった！　一歩でも事が前進したのなら、おねーさんは嬉しいよ」

「お忙しい中、本当にすみません……」

「気にしないで。大学の地獄のような実習に比べたら、このくらい造作もないことだよ」

雨宮先輩の瞳からハイライトが消え去る。

「今度は僕が愚痴《ぐち》聞きます」

「ありがと。聞いてくれるだけでも助かるわ、冗談抜きでマジで」

医学部は進学先の一つとして検討していたのだけれど、死んだ目をしている雨宮先輩を見ると慎重に考え直した方が良いかもしれないと思った。

「あ、そうだ」

ごそごそと、細い指がポケットから例のものを取り出す。

「ついでにこれも、どうぞ！」

白い掌で踊る赤色のラッピングには『りんご味』と書かれていた。

「ありがとうございます、頂きます」

飴《あめ》を受け取って、自分のポケットにしまう。

ひとたび受け取れば、なんであんな頑《かたく》なに拒否をしていたのだろうと不思議に思った。

「やっと、貰《もら》ってくれたね」

出来の悪い子の成長を目にした先生のように、じーんと胸を押さえる雨宮先輩。

「人の善意は受け取っても良いと、最近学んだので」

誰かに何かをしてもらうこと。

強い抵抗があったそれは、人と関わって生きる中で当たり前に行われているものだと知った。他でもない、光が教えてくれた。

「うんうん、ギブアンドテイクってやつね」

「ギブばかりにならないように、気をつけないとですね」

「間違いないわ。あ、そうそう、花言葉と同じように飴にもそれぞれ意味があるんだけど、私が天野くんに渡す飴に深い意味はないから勘違いしないでよね！」

「ちなみにりんご味は、なんという意味なんですか？」

「運命の相手」

「勘違い要素皆無でした」

「でも、そうね……天野くんが光ちゃんに渡すと、いい感じに意味が通るかも……」

「え、なんて言いました？」

「んーん、なんでも！　ほら、ダラダラしている暇があったらさっさと行く！」

「あ、はい……行ってきます」

「うん、気をつけてね」

事務所を後にする僕に、雨宮先輩はこんな言葉をかけてくれるのだった。

「百点！」

◇

書店を後にして、迷った。

この期に及んで怖気付《おじけ》いたわけではない。

光は今日、体調不良で休んだと先生は言っていた。

だとすれば、話すのは回復してからの方が良いのではと思った。

でも、と考え直す。

体調不良なら看病をしたいと思った。

いつかの日に、光が僕にしてくれたように。

そうと決まればと、まずはコンビニに寄ってポカリやお茶などを購入した。

その間、突然お邪魔するのも迷惑になるかと思って光に電話をかけたけど、繋《つな》がらない。

RINEのメッセージも既読がつかなかった。

別の意味で心配になった。

もしや、ぶっ倒れてたり……？

光には不眠気質があった。僕との添い寝がなくなってから一睡もできなくなって、それで……という可能性もゼロではない。

気づくと、走り出していた。何回も歩いた道を全力で足を動かした。

帰宅部の肺ではすぐに息が上がってしまい、太腿《ふともも》には乳酸が溢《あふ》れかえってしまう。

それでも足を動かし続けた。光の家が見えてくる頃には息はすっかり絶え絶えで、部屋の前まで来た時には足が攣《つ》りかけていた。

いざ、ドアを目の前にしても、疲労のせいで緊張はどこかへ吹き飛んでしまっていた。

最低限の息を整えてから、インターホンを鳴らす。

応答はない。

しばらく経ってから、もう一度鳴らす。

やはり、応答はない。

「あ……」

気づく。

視野が狭くなりすぎていてポッカリ抜けていた可能性。

光は、普通に寝ているのでは？

　プッツと、インターホンが通話状態になった音を立てる。

『は、はいっ、どちら様でしょう……？』

「あっ、えと……天野です」

『ゆ、結人くんっ⁉　今出ます……‼』

　そんな声と共にドタバタと慌ただしい音が聞こえてきた。

　この慌てよう、もしかしなくともおやすみ中だったのかもしれない。

　ガチャリと、ドアが開く。

「あ……おはようございます……」

「……ごめん、起こしちゃったみたいで」

「いえいえいえいえ！　ちょうどさっき起きたところなので、無問題《モウマンタイ》です！」

　寝癖《ねぐせ》でボサボサの髪の毛で言われても説得力がない。

「結人くんこそ、どうしたんですか？　そんな汗だくになって……」

「えーと……走ってきたから？」

「ダイエット……？」

「そういうことにしておいて」

　立ち話でするには長すぎる、深い理由があるから。

「なるほど……と、とりあえず中に入ってくださいっ」

光に部屋へ通される。

埃《ほこり》っぽい僕の部屋とは違う、甘くて安心する匂《にお》い。

十二日ぶりの光の家だけど、もっと長いこと立ち入っていないような感覚を覚えた。

「とりあえず、お茶とタオルをどうぞ」

「ありがとう」

相変わらずの気遣いに、懐《なつ》かしさが込み上げる。

僕が汗を拭いて抜けてしまった水分を補充している間に、光はどこかで寝癖を直しているようだった。

その後、リビング中央のテーブルに向かい合う形で座る。

「それで……どのようなご用件でしょう？」

切り出したのは光だった。

言葉によそよそしさを感じるのは、昨日の一件が理由だろう。

「えっと……」

このタイミングになって、言葉に詰まった。

何から話せばいいか。何を伝えるべきか。

まずは経緯を全部説明するべきか。いや、謝罪からか。

様々な選択肢が頭に浮かんで、どれをどう口にすればいいのかわからない。

なるべくスムーズに、つつがなく事を済ませたい。

そんな保身的思考から、一言目を完全に見失っていた。

（あれだけ啖呵《たんか》を切って、なんてザマだ……）

微妙な空気が流れる。

僕にはハードルが高かったんじゃないかと、一度押し込めた自信のなさがむくむくと湧き上がってくる。

時間が経てば経つほど、やっぱりダメなんじゃないかと恐怖が湧き起こってきた。

呼吸が浅くなる。心臓に流れ込む血流が不自然に脈を打つ。

また逃げだしたくなるような気持ちが到来してきたその時——気づいた。

僕の言葉をじっと待つ光の肩が、微《かす》かに震えていることを。

（ああ、そうか……）

怖いのは光も同じだ。

昨日、あんなことがあったと思えばその翌日に、僕が家に突撃してきたのだ。

何を言われるのか、光だってわからない。

それでも、彼女は僕に向き合おうとしてくれている。

澄んだ両の瞳を不安げに揺らしながら、僕の言葉を待ってくれている。

——光ちゃんは、どんな子？

雨宮先輩の言葉を思い出す。

光はとても優しい人だ。

大丈夫、きっと大丈夫だ。

変な取り繕《つくろ》いはいらない。

まず、光に伝えるべき言葉はシンプルで良いはずだ。

呼吸が、脈が、戻っていく。

頭に浮かんだ最初の言葉を、大きく息を吸い込んで放った。


「本当にごめんなさい‼」

テーブルに額《ひたい》がめり込まんばかりの勢いで頭を下げた。

「僕が卑屈で、自己中で、自分の気持ちばかりを優先して、光の気持ちを全く考えられてなかった！」

自分でも驚くくらいの声量だった。

「傷つけてごめん！　悲しい思いをさせてごめん！　辛《つら》い思いをさせてごめん！　泣かせてしまって本当に……ごめんなさい！」

心の底からの謝罪が、懺悔《ざんげ》が、次々に溢れていく。

「なんか色々と言いたいことがありすぎて纏まっていなくて、それもごめんなさいなんだけど……‼」

やっぱり、本当に言いたいことはこの一言に帰結する。

「とにかく……ごめんなさい」

言い終えてからも、頭を下げ続けた。

時計の秒針が刻む音が、死刑執行のカウントダウンのように聞こえる。

光の顔を見るのが、怖かった。

「頭を、あげてください」

光は、笑っていた。

穏やかで、優しい、全てを包み込むような笑顔だった。

「私も、同じなんですよ」

落ち着いた声で、光は言う。

「昨日、結人くんに添い寝フレンドをやめようって言われた時、食い下がることも出来たはずなんです。でも出来なかった。もっと嫌われたらどうしようって、そう思って……何も言えなくなって……」

光が、申し訳なさそうに目を伏せる。

「私だって悪いんです。結人くんも結人くんで、たくさん悩んで、辛い思いをしていたのに、それに気づけなかった……だから、気にしないでください」

雨宮先輩の言う通りだった。

目くじらひとつ立てず、光は許してくれた。

この子は、どこまで優しいんだろう。

「私の方こそ、ごめんなさい」

光も、ゆっくりと頭を下げた。

「いやいやいや、光こそ頭を上げて！　今回のは圧倒的に僕の方が悪いから……」

「どっちがどのくらい悪いとか、いいじゃないですか。私は、結人くんと仲直りしたい。結人くんも、同じ気持ち、ですよね？」

「それは、もちろん」

強く頷く。

「だったら、この話はもうおしまいです。両者ごめんなさいでおしまい。また、仲良くしましょう、ね？」

「うん……そうだね」

光がにこりと笑う。僕も釣られて控えめに笑った。

ようやく、空気に緩みが戻ってきた。

「よかったです……本当に」

ぽつりと、光が呟く。

へなへなと全身から力が抜けたように、ソファからずり落ちる。

「本当は、不安でした……もう昨日っきりで、結人くんとはさよならかと思うと……悲しくて……」

「……ごめん、不安にさせて」

「いいです、許します。でもその代わり、もうあんな理由で、自分から一人にならないでください」

真剣な表情で言う光に、僕はしっかりと意思を込めて返す。

「うん、約束する。もう……一人はこりごりだ」

思い返す。

光と過ごす日々の中で、僕はたくさんの変化を実感した。
コンビニ弁当はレンジでチンして美味しく食べようと思った。
もっと美味しいコーヒーを飲みたいと思った。
困った時には誰かに頼ろうと思った。
雨宮先輩から飴を受け取ろうと思った。
誰かと喋《しゃべ》るのは楽しいと思った。
誰かと他愛のないＲＩＮＥをするのは楽しいと思った。
誰かと一緒に帰るのを楽しいと思った。
誰かと放課後パフェを食べにいくのを楽しいと思った。
誰かの手の温《ぬく》もりを暖かいと思った。
自分から誰かの名前を覚えたいと思った。
もっと人と、関わりたいと思った。
もっと人のことを知りたいと思った。
そして何よりも……誰かにそばにいてほしいと思った。
小さなことから大きなことまで。
添い寝フレンドという関係を通じて、僕はたくさんのことを学んだ。

教えてくれたのは、紛れもなく君だった。

激安コーヒーみたいに味気なくて無味乾燥だった日々を、君が変えてくれた。

もっと、たくさんのことを君に教わりたい。

もっと、君とたくさんのことをしたい。

そのために、僕達の関係をはっきりと元に戻そう。

「先週、光と一度も添い寝しなかったけどさ……なんというか、その……とても寂しかったんだ。心が寒い、というかさ」

「奇遇ですね。私も、です」

お互いに、言いたいことは同じのようだった。

だったら今度は、僕から先に言おう。

「光」

「はい」

今度は迷いなく、言った。

「僕と、添い寝フレンドになってほしい」

「ぜひ」

この時、光が浮かべた表情を、僕は一生忘れることはないだろう。

エピローグ

——温もりが欲しい。

そんな漠然《ばくぜん》とした願望を、ずっと抱えていました。

別に冷え性でも、暖房が効かなくなったわけでもありません。

温めたいのは身体ではなく、心のほう。

心の低温症、とでも言いますか。

少し特殊な家庭で育った私は、幼い頃から死んだように生きていました。

親からの命令を全て聞き入れて、『優等生』にならざるを得なかったのです。

加えて小学校、中学校と、友人関係でもトラブルを抱えていた私は、夢も希望も生きる意味さえも持てず、ただただ息をしているだけでした。

高校になって、家族と離れて遠い地で一人で生きていくことになったおかげで、少しは前向きな気持ちになりました。

でも、長い時間をかけて刷り込まれた孤独感を拭い去ることは出来ませんでした。

高校では幸いにも、たくさんの友人に恵まれました。

地元が同じで一緒の高校に進学した、りっちゃんのおかげです。

みなさんに、とても良くしていただいています。

おかげさまで楽しい日々を送ることができて、感謝しかありません。

だけど……幼い頃からもはや癖になっていた『優等生を演じること』に、疲れている自分もいました。

私の心の低温症は、ずっと奥の深いところで常に付き纏っていました。

そんな私の心情に共感してくれるような人は、いません。

曝《さら》け出そうにも、話したら友達に引かれてしまうんじゃないかと怖くて。

ずっと、心の奥底に仕舞い込んで耐え忍ぶしかなかったのです。

ああ、私はこの先も一生、この孤独と付き合わないといけない。

そんな絶望感に苛《さいな》まれていました。

この頃から、私は不眠に悩まされる事が増えました。夜、一人でベッドで寝ようとしても、孤独感や寂寥感《せきりょうかん》が襲ってきて、心臓がどくどく高鳴ってなかなか寝付けません。

ネットで調べたところ、自律神経失調症に似たような状態になっているようでした。

病院に行くのも気が引けたので、市販の睡眠改善剤を買い、服用してからは少しは緩和されましたが、いつまでもこのままじゃ良くない……そんな時、出会ったのです。

二年で同じクラスになった、クラスメイト。

天野結人くん。

あれは、忘れもしない四月の事。始業式が終わり、教室で各々がグループを作る中、一人だけ黙々と本を読み始めたのが結人くんでした。

他のクラスメイトは他者との繋がりを保持するため、クラスで居場所を作るために『よそ行きの自分』を作ります。

私も漏れなくその一人で、一年から引き続き『優等生の自分』を作っていました。

だけど彼だけは、それをしなかった。

『よそ行きの自分』を作る事なく、ありのままの自分でそこに存在していて。

他人に左右されない、自分だけの世界を形作っていました。

その姿勢に、姿に、『演じること』に疲れていた私が憧《あこが》れを抱くのは自然の流れでした。

彼と、お友達になりたい、お話をしてみたい。

この人の事を知れば、素の自分でいられるかもしれない。

そんな気持ちが湧き起こりました。

教室でも、廊下でも、帰り道も、ずっと一人の彼。

そんな結人くんを、無意識のうちに目で追っている自分に気づきます。

その中で、彼のことを少しずつ知ることができました。

彼は、本が好き、スマホでヨーチューブを見るのが好き、無糖のコーヒーが好き、甘いものが好き、コンビニ弁当の特に唐揚げ弁当が好き、そして、一人が好き。

いつも屋上で、お昼ご飯を食べている。

遠目でわかることが増えていっても、なかなか喋るきっかけが作れません。

元々人見知りの気があって、自分から人に話しかけるのは苦手な私ですが、全く話せないというわけではありません。

でも結人くんに関しては、いざ話しかけるとなると、なぜか緊張するのです。

時間だけが過ぎていって、いつか振る舞う機会があるかもしれないと、コーヒーと唐揚げを作る技術だけが上達していきました。

ある日、ふと立ち寄った書店で、彼がバイトをしている場面に遭遇しました。

思えば、それがきっかけでした。

結人くんの先輩さんと思《おぼ》しき方が、こんな話題を振っていました。

——私の先輩が同期の女の子とさー、添い寝フレンドになったみたいなの。

添い寝フレンド……なんでしょう、初めて聞きました。

先輩さん曰く、添い寝フレンドとは、ただ添い寝をするだけのプラトニックな関係らしいです。

……その関係、いいかもしれませんね。落ち着きそうですし……安心してぐっすり眠れそう……何よりも、寂《さび》しさや孤独を埋められそうです。

先輩さんの話を、結人くんは作業をしながら上の空で聞いていて。

しばらく一方的に先輩さんが話を続けていたのですが。

ぽつりと、結人くんは、言いました。

——でも、添い寝はいいかもしれませんね。なんだか、落ち着きそうですし。

その言葉は、私の中にすとんと落ちて、ずっと頭の中に残りました。

結局、書店でも話しかけることができず、また時間が流れていきました。

十月、転機が訪れます。

雨の日のコンビニ帰り、ずぶ濡《ぬ》れで倒れた結人くんと遭遇しました。

そこから、家に連れ帰って、看病をして、お粥《かゆ》を作って、一緒に寝て。

今までの空白期間はなんだったのと思うくらい、夢のような時間を過ごすことが出来ました。

そして私の思惑通り……彼の前だったら、私は素の自分でいられる事ができました。

『優等生の雪白光』としてではなく、『ただの雪白光』として振る舞う事ができたのです。

もっとずっと、彼と過ごしていたい。

そんな気持ちがむくむくと湧き上がりました。

しかし翌日、お別れの時間がやってきてしまいます。

——何からなにまでありがとう。本当に、助かった。

——どういたしまして。大事にならなくて良かったです。

——重ね重ねになるけど、この借りは必ず返す。

——いえいえお気になさらず。困った時は、お互い様です。

違う、そうじゃない、そうじゃないでしょう。

せっかくきっかけが出来たのに、これでさようならは駄目でしょう。

次に繋がることを私は、まだ何も言えていない。

——何か、今僕に出来る事とか、ない？

これが、最後のチャンスだと思いました。
ここで、言わないと。
勇気を出せ、私。
——でも、添い寝はいいかもしれませんね。なんだか、落ち着きそうですし。
脳裏の奥底から蘇《よみがえ》ってきた結人くんの声に従って、私は提案しました。
「私と、添い寝フレンドになって欲しいです」

本書はハルキ文庫の書き下ろし作品です。

Haruki Bunko
ハルキ文庫

あ 38-1

添《そ》い寝《ね》フレンド

著者 青季《あおき》ふゆ

2024年10月18日第一刷発行

発行者 角川春樹

発行所 株式会社角川春樹事務所
〒102-0074 東京都千代田区九段南2-1-30 イタリア文化会館

電話 03(3263)5247(編集)
03(3263)5881(営業)

印刷・製本 中央精版印刷株式会社

フォーマット・デザイン 芦澤泰偉
表紙イラストレーション 門坂 流

ISBN978-4-7584-4670-9 C0193 ©2024 Aoki Fuyu Printed in Japan
http://www.kadokawaharuki.co.jp/[営業]
fanmail@kadokawaharuki.co.jp[編集] ご意見・ご感想をお寄せください。

寺地はるなの本

今日のハチミツ、あしたの私

蜂蜜をもうひと匙足せば、あなたの明日は今日より良くなる——。「明日なんて来なければいい」と思っていた中学生のころ、碧は見知らぬ女の人から小さな蜂蜜の瓶をもらった。それから十六年、三十歳になった碧は恋人の故郷で蜂蜜園の手伝いを始めることに。頼りない恋人の安西、養蜂家の黒江とその娘の朝花、スナックのママをしているあざみさん……さまざまな人と出会う、かけがえのない日々。どこでも、何度でも、人はやり直せるし、変わっていける。そう思える一冊。